ファン文庫

神様の用心棒

うさぎは桜と夢を見る

著　霜月りつ

マイナビ出版

目次

登場人物紹介

兎月

宇佐伎神社の用心棒
うさぎを助けたことから
よみがえったが
死後十年経っていた

ツクヨミ

宇佐伎神社の
主神・月読之命
神使のうさぎと同化する
ことで実体をもてる

アーチー・パーシバル

パーシバル商会の若き頭取
異国の巫の血をひいている

蜘蛛の腕（かいな）

序

追いかけてくる、追いかけてくる。

白い腕が追いかけてくる。

振り向かなくてもわかる。

あの腕に捕まっちゃだめだ、おとっつあんやおっかさんは逃げろと言った。

周りは真っ暗でどこを走っているのかわからない。前の方にほんのりと白く明るいものがある。

あそこまで……。

あそこまで逃げれば、逃げ切れば。

「あっ！」

髪を摑まれた。引き寄せられる。

頭を振ったとき、その腕が見えた。腕には模様があった。その模様は——。

「キャアアアアッ！」

夜のパーシバル邸に幼い少女の悲鳴が響きわたった。すぐにひとつの部屋に明かりがつき、その明かりは廊下の窓の中を移動した。

「キャアアッ！　キャアアア！」

悲鳴が続け様に上がった。パーシバルはドアを叩く。

「リズ！　エリザベス！　入りますよ！」

アーチー・パーシバルは幼い姪の寝室の扉を開けた。

寝台の上で布団を抱きかかえる金髪の少女の姿がある。

「リズ、大丈夫ですか⁉」

パーシバルはベッドサイドのテーブルに洋燈を置くと、震えている少女の背を撫でた。

「おじ、さま……」

少女が顔を伏せたまま、腕を伸ばして壁の方を指さす。パーシバルはそちらを見たがなにもいなかった。

「大丈夫、なにもいませんよ」

洋燈の明かりが涙に濡れた頬を照らす。パーシバルの姉の娘、エリザベス・コーネルが横浜から遊びにきて十日になる。

リズは自分が指さした方をこわごわと見て、それからパーシバルの胸にすがりついた。

「また怖い夢を見たのですか？」

「たすけて」

リズは大きな目に涙をいっぱいに浮かべ、叔父の寝衣をぎゅっと摑んだ。

「助けて叔父さま……あの子を、」

「あの子？」

「あの子を蜘蛛(くも)から助けてあげて！」

一

「どうだあ？　そっちは」

「へーい、もう終わりますー」

まだ雪が残る函館(はこだて)山にトンカンと木を打つ調子のいい音が響く。

中腹にある小さな神社の境内に大勢の人間がいた。

積もっていた雪は今日の午後いっぱいですべて除かれ、傷んだ屋根の修理も終わった。

宇佐伎(うさぎ)神社が冬ごもりを終え、再び函館山に再営する。

山は枝先に緑の葉を芽吹かせ、黄色のまんさくの花は終わり、梅や山桃、エゾヤマザクラなどでほんのり薄紅の衣をまとっていた。

　エゾヤマザクラは本州の桜より赤みが強く、花も葉も大きい。かなり大きくなるようで、あちらにこんもり、こちらにこんもり咲いて山を彩っていた。

「明日からはまたここで暮らしていけるな」

　兎月は足下にしゃがんでいるツクヨミに言った。ツクヨミの姿は他の人間には見えないので、独り言を言っている風になる。

　函館戦争で一度死んだ兎月が、宇佐伎神社の主神ツクヨミに第二の生をもらって早半年、冬の間は雪に埋もれる函館山から麓に神様ごと移動していたが、ようやく雪も溶け、山に戻ることができた。

「兎月の先生ェ！　瓶に水をいれておきやすか⁉」

　手を振って叫んでいるのは函館の町に一家を構える大五郎組の親分、大五郎だ。汗だくで働いていたのだろう、小さな体からぽっぽと湯気が上がっている。

「ああ、頼む！」

　兎月も手を振った。

　宇佐伎神社の雪かき、掃除、修理を大五郎組が請け負ってくれた。以前は神社に殴り込みにきたこともあったが、兎月が函館山から下りてくる悪霊――怪ノモノを斬って町を護っていることを知り、今では「先生」「先生」と慕ってくれるようになった。

兎月の作った掘っ建て小屋の厨は完全に雪で潰れたため、新しく大工が建て直してくれた。その大工も大五郎が手配してくれ、兎月としては感謝しかない。

馬小屋にも真新しい藁が敷かれ、馬も嬉しげに脚を鳴らしている。

「兎月は……本当はパーシバルの屋敷にいたかったのではないのか？　別によいのだぞ、我は」

神社の主神である月読之命――ツクヨミは幼い少年の姿をしている。長く白い髪は猫柳のようにふわふわとして腰まで伸び、白い水干に白い袴でしゃがんでいるとそのままうさぎのようだ。

言葉は大人びていたが口調は姿と同じでどこか幼かった。玉砂利の上に舞い落ちた桜の花びらをいじっている様子もどこかすねた子供を思わせる。

「山から下りてくる怪ノモノを斬るにはここが一番都合がいい」

兎月はあっさりと言ってのける。雪が降り積もる冬の間、兎月とツクヨミは山を下りて麓のパーシバル邸に世話になっていた。パーシバルはツクヨミのために家の隣の空き地を購入し、仮社まで建ててくれたのだ。

確かにパーシバル邸は上げ膳据え膳、暖かな布団に広い部屋を提供してもらえたが、そんな生活に少し居心地の悪さを感じていたのも本当だ。

「おまえこそ、リズに気軽に会えなくなって寂しいんじゃねえのか」

兎月はツクヨミのそばにしゃがみこみ、今度は小声で言った。

「そ、そんなことはない。我は神だぞ。寂しいなどと——ばかを言うな」

ツクヨミは集めた桜の花を兎月に向かって投げつける。傍目からは桜が舞い上がって兎月の顔に吹き込んだように見えただろう。

「だったらいいんだけどよ」

ぱっとツクヨミが白い髪を撥ね上げた。

「噂をすれば、だ」

「え?」

石段の上に金色の頭が見える。ぴょこぴょこと飛び跳ねるように登ってくるのはリズ。それからゆっくりとパーシバルが上がってきた。

「おぬしが話をするからあのうるさいのが来てしまったではないか」

「俺のせいかよ」

憎まれ口を利いた割には笑顔になったツクヨミは、神使のうさぎを呼んだ。すぐに本殿からわらわらと白い毛玉たちが駆けてくる。

本殿の周りで働いている大工や大五郎組のものには、その姿はツクヨミと同じく見えていない。

うさぎたちは先を争ってツクヨミの前に来たが、その中で一番早かったものの中にツクヨミが入った。とたんに見えなかったうさぎが実体を持つ。

うさぎはぴょんと跳んで兎月の懐に入り込んだ。

「うわ、つめてえ」

脚の裏に雪がついていて、それが肌に触れたため兎月が叫ぶ。

「我慢しろ」

ツクヨミうさぎが着物のあわせから覗いて小声で叱咤（しった）した。

「体は温かいだろう？」

「そうだけど、うわ、尻も冷たいぞ」

文句を言っているうちにリズとパーシバルが到着した。

「こんにちは、兎月サン」

パーシバルは二重回しのロングコートにアザラシの毛を使ったマフラーを首に巻き、同じアザラシの毛のつばのない帽子をかぶっている。長い髪はコートの中にしまいこまれていた。

リズの方はいつもの赤いリボンのついたコートに毛で飾られたブーツ、それに新しい赤いつば広帽子をかぶっていた。帽子の下からは弾けたポップコーンのような金髪がのぞいている。

「雪がすっかりなくなりましたネ」

パーシバルが境内を見回して感心する。一冬の間に積もっていた雪をよけるのは大仕事だ。

「大五郎たちが頑張ってくれたんだよ」

「あとでワタシからお酒をふるまいマショウ」

パーシバルが微笑む。白い額の端整な面立ちのパーシバルは、優しく笑うと観音（かんのん）像のようにも見える。それを聞きつけた大五郎組の連中はわあっと歓声を上げた。

「こんにちは、兎月さん」

リズはコートの裾を摘まんで膝を屈めた。

「おう」

「ツクヨミも！　こんにちは」

ツクヨミうさぎは黙って耳を動かした。軽々しく口を利くことは神の威厳に関わると思っているのか。しかし懐で顔だけ出している時点で威厳もなにもない。

「みんなも元気ね」

リズは兎月の足下にわらわらといるうさぎたちにもこっそり挨拶した。遠くケルトの巫(ドルイド)の血を引く二人には、ツクヨミの姿も神使たちも見えている。

『リズ　アタラシイボウシ』

『アカイノ　カワイイ』

「そう？　ありがとう」

前は白いうさぎの毛皮を使った帽子をかぶっていたが、ツクヨミたちと親しくなってからはそれを封印したらしい。

「サムライは今日からここに住むの？」

兎月さん、と呼ぶのは最初の挨拶のときだけ。それ以外はサムライと呼ぶ。気恥ずかしくてやめろと一度言ったことがあるが、押し切られている。

リズはぐるりと境内を見回し、首をかしげた。

「ご飯はどこで食べるの？」

「そこの厨で」と兎月は大工に建ててもらった小屋を指さした。

「煮炊きして本殿で食う」

「ええーっ！」

リズは心底驚いた声を上げる。

「だって寝るのもあそこなんでしょう？　サムライは寝室でご飯を食べるの？」

「あのな」

兎月はリズの前で背を伸ばし、腰に手を当てた。

「長屋に住んでるものなんかはひとつの部屋が寝室で、食堂で、居間なんだよ。全部別の部屋になってんのはパーシバルやおまえんちみてえな金持ちの家だけだ」

「そうなの？」

「そうだよ。だからおみつの前でそんなこと言うなよ」

「はあい」

和菓子屋に勤める仲良しの名前を出され、リズは少し気まずそうな顔をした。それからなにかを思い出したように目を大きく開ける。

「なら、あそこは大きなおうちなんだわ」

「なんのことだ？」

リズは隣に立つ叔父の手をぎゅっと握る。

「叔父さま……」

「ああ、そうですね、リズ」

パーシバルはうなずくと、兎月に頭を下げた。

「実は今日はご相談したいことがあってやってきマシタ」

「なんだよ、改まって」

兎月はパーシバルとリズを鳥居の方へ誘った。石段の一番上に腰を下ろすと、日差しがぽかぽかと暖かい。

「どうしたんだ？」

「実はリズが悪夢を見るのデス」

パーシバルも兎月の隣に長い足を折って座る。

「悪夢？」

「ずっと続いているの……」

リズは二段ほど下の石段の上に立っている。そうすると兎月と同じ目線になった。

「最初は家の中を走っているの。サムライがさっき言ったような、いくつも部屋のある家。つまりお金持ちの大きな家ね」

「ふむ」

「それから廊下を走るの。そのあとは地面の上……そう、今日見たのは地面だったわ」

「走っているのか」

「追いかけられているの」

リズは兎月の前に顔を突きだした。

「誰かわかんないけど、ずっと追いかけられているの。捕まったら殺される……そんなふうに思ってわたし、逃げているの」

兎月は目の前で長い金色のまつげがパサパサとはばたくのを見た。

「それが悪夢、か？」

ツクヨミは兎月の懐から顔を出したり引っ込めたりしている。

「そうよ！　サムライにはわかんないかもしれないけど、すっごい怖いの。だって捕まったら殺されるのよ。でも」

「でも？」

「追いかけられてるのはわたしじゃないの」

リズは秘密を告げるようにそっと言った。足下のうさぎたちがいっせいに耳を立たせる。

「どういうことなのだ？」

ツクヨミうさぎが耳を忙（せわ）しく回す。

「わたしなんだけどわたしじゃないの。別の女の子。だっておとっつあん、おっかさんって呼んでるのだもの。わたしならダディにママって呼ぶわ。それに着物を着ているみたいなのね」

　リズは自分の服をパタパタと触った。

「とにかくその夢がもう三日も続いているの。おかしいでしょう？」

　うさぎたちがその通りだと言うように、いっせいにぴょこぴょこと尻を動かして飛び跳ね出す。

「兎月サン、リズの言うことは本当デス。リズはいつも悲鳴を上げて目を覚ましマス。真っ青になって、本当に怯(おび)えていマス」

　パーシバルも気づかわしげに口をだした。しかし、兎月は腕組みしてうーんと唸(うな)った。

「嘘だとは言わねえが……それで俺にどうしろって言うんだ。夢なんだろ？　枕の下に貘(ばく)の絵でもいれておくか？」

　とたんにツクヨミうさぎが後脚で兎月の胸を蹴る。

「いってえ！」

「真面目に考えろ、兎月」

「助けてほしいの」

　リズが兎月ではなく、懐のツクヨミに向かって言った。

「夢の中の女の子……きっとその子が助けを求めているのよ。どこの子かわからないけどその子を助けないとこの夢は終わらない気がするの……！　お願い、ツクヨミ」

ツクヨミが顔を上げて兎月を見る。兎月は困って首を振った。

「だけど夢の話じゃな……」

「夢だけじゃないの！」

リズは嚙みつくような勢いで叫んだ。

「幽霊も出るの！　男の人の幽霊が！」

そのとたん、ツクヨミは顔を兎月の着物の中に引っ込めた。神様なのにツクヨミは怪談が苦手だ。

「追いかけてくるのはきっとその男なのよ」

兎月はそっとパーシバルを窺った。アメリカ人は金髪を揺らしてうなずいた。

「口から血を流した痩せた男が、夢を見たあと必ず部屋の中にいるそうなんデス」

「おまえは見たのか？」

パーシバルは申し訳なさそうな顔で首を振った。

「ワタシは一度も」

「でも本当なの！」

信じて、とリズが指を組んで兎月を見上げた。

「悪夢と幽霊、か……」

うさぎたちがぐるぐると兎月の周りで追いかけっこを始める。

『ユウレイ　コワイ』

『リズ　カワイソウ』

『ナントカシロ　ニンゲン』

「うるせえぞ」

兎月はうさぎを足先でつついた。

「夢の中でわたしを追いかけてくるのは腕だけなんだけど、今朝の夢ではその腕に模様が見えたわ」

「模様？　刺青(いれずみ)ってことか？」

リズはうなずいた。

「どんな模様だった？」

「蜘蛛よ」

リズはごくりと唾を飲んで言った。

「蜘蛛の巣の模様なの」

兎月とツクヨミはとりあえず神使のうさぎを一羽、リズに貸し出した。普通の人間には見えないが、リズには役に立つかもしれない。

神使のうさぎたちには実は一羽一羽名前がつけられている。リズと一緒に行くうさぎは皐月という名で、よく気が付くしリズにも懐いている。

そのあと兎月は働いている大五郎たちのもとへ行った。

「よう、親分」

「やめてくださいよ、先生に親分なんて言われちゃくすぐってえ……。じき終わりですぜ」

大五郎はもう縄や木材を片づけているところだった。

「聞きたいことがあるんだが……」

「なんでしょう」

「蜘蛛の刺青を入れている男に心当たりはないか？」

刺青を入れるのはなにもやくざだけではない。粋をきどる火消しや大工、料理人にも入れるものはある。それでも一番多いのはやはり極道たちだろう。

「くも？　空に浮かぶやつじゃなくて脚が八本の方ですかい？」

「ああ、そうだ。巣を張る方だ」

「ううーん、蜘蛛ですかい……」

大五郎は首をひねる。すぐには思いつかないのかもしれない。

「最近じゃスミを入れるって根性のあるやつも少なくなりやしたからねえ、どっかで聞いたこともあったような気がしやすが……」

「親分、あれじゃないですか？　ほら、蜘蛛の巣丁次（ちょうじ）」

そう答えたのはすぐそばでカンナの手入れをしていた子分の辰治（たつじ）だ。

まだ十代でひょろひょろとしたこの青年は、手先が器用で記憶力にも優れている。足も早いし気が利くので、よく宇佐伎神社との使い走りになってくれていた。

「ああ！　そういやあ、そんなのがいたなあ」

大五郎はぴしゃりと自分の額を叩いた。

「蜘蛛の巣丁次？」

「背中から腕に蜘蛛と蜘蛛の巣っていう趣味の悪い刺青を入れてるって悪党ですよ」

「ほんとにいるのか」

兎月は驚いた。夢の中だけの話ではなかったようだ。

「いた、んですよ」

　大五郎は声を落とす。

「五年ほど前まで函館で押し込みをやっていた悪党集団でね、黒蜘蛛って一味の頭目です。押し込んだ家のもんは赤ん坊まで皆殺しにして金を奪っていくんです」

「悪いやつだな」

「へえ、でも悪事は続かないもんですよ。ねじろを暴かれて巡査どもが乗り込んだんです。そのとき覚悟を決めたのか、黒蜘蛛一味は毒をあおって自死……頭目の丁次だけは死に損なって捕まったんですが、こいつも打ち首獄門になりやした」

「死んでんのか？」

「へい。希代の悪党も最後はみじめなもんですよ。毒のせいで口も利けず、体も動かず、市中引き回しのときもうーうー呻いて助けを求めていましたね。悪党なら悪党らしく、ふてぶてしくしてりゃあいいのに」

　大五郎は唾を吐くような口調で言った。

「そうか。死んでるのか」

　懐の中でツクヨミうさぎが首を振る。

「じゃあ、その丁次ってやつのことはもうわかんねえな……」

「うさぎの先生、丁次に興味があるんですか？」

辰治が聞いてくる。兎月はうなずいた。

「ちょっと今調べていてな」

「だったらかわら版屋を当たるといいですよ」

「かわら版屋？」

「へえ、俺が蜘蛛の巣丁次を覚えていたのもかわら版で読んだからなんです。かわら版屋なら丁次のことをいろいろ調べているはずですから」

「なるほど」


現在新聞と呼ばれている日刊紙の最初の発行は明治三年だった。横浜毎日新聞と呼ばれ、名の通り横浜で発行された。函館でも、明治十一年に函館新聞が発行されている。

だが、かわら版や読売（よみうり）と呼ばれる印刷物は庶民が時勢や世情のニュースを知る方法として長らく愛され、明治に入っても生き残っていた。

当時函館にもいくつかのかわら版屋が存在し、そのうちのひとつ、『源屋（みなもとや）』に兎月はツクヨミと訪ねてみた。

二

「ああ、蜘蛛の巣丁次！　覚えてるぜ、あの当時、大騒ぎだったからね」

源屋幸助（こうすけ）は四十代の男で、しゃくれた顎（あご）にちょぼちょぼと無精（ぶしょう）ひげを生やしていた。墨で汚れたぺらぺらした薄いひとえを着ている。

桜は咲いたがまだひとえでは肌寒い気候だ。幸助はその上から寝具の掻巻（かいまき）を羽織っていた。

「押し込みの頭目だったんだってな」

「そうだよ。まあ入ってくれ、きたねえ家だが」

幸助は兎月を部屋に上げた。幸助の家は長屋のひとつで、狭い六畳間には文机（ふづくえ）と丸めた紙がたくさん散らばっていた。

「ちょっと待っとくれ……ああ、これだ」

幸助は部屋の隅に積んであった紙の束をバサバサとほじくり返し、一枚持ってきた。それには「大悪党黒蜘蛛一味頭目蜘蛛の巣丁次お縄となる」と大見出しが躍っている。

「町で噂の宇佐伎神社の用心棒さんが俺の家を訪ねてくれるなんて光栄だな」

「噂？」

怪ノモノ斬りのことかと兎月は用心した。下手に目立って十一年前に命を落としたのが生き返ったなんて知られたら面倒なことになる。

「町でいろいろやってんだろ？　異人の集まりで無礼な赤毛をやっつけたとか、こないだは遊郭火付けを未然に防いだとか」

「ああ……」

怪ノモノ斬りのことではなかったので少しほっとした。

「たいしたことじゃねえよ。まあ、たまたまだ」

兎月はもらった紙をパンッと広げた。

「これ、あんたのかわら版か？」

「そうだよ、こいつぁよく売れたぜ。まあ五稜郭が落ちたときほどじゃなかったが」

かわら版の真ん中には絵が描かれている。ひげもじゃの大男が四方八方から縄をかけられそれを振りほどこうとしているところだった。むきだしの背中には大きな蜘蛛が張り付いている。

「これが蜘蛛の巣丁次？」

ツクヨミうさぎも兎月の懐から顔を出し、ふんふんとかわら版の匂いを嗅ぐ。

「これは絵描きに描かせたそれっぽい悪党だよ。実際の丁次はひょろっとした優男で歳も若かった。だけど丁次はずっと正体不明だったから、誰からも文句は出なかったよ」

「じゃあこの絵は嘘か」

「悪党だって見栄えがよくないと客は受けてくれねえんだ」

　幸助は照れくさそうに笑った。

「あんたが見た本物の丁次はどんなヤツだった？」

「うーん、そうだなあ」

　幸助はひげの生えた顎を撫で天井を見上げる。

「どうも希代の大悪党って感じじゃなかったよ。俺は牢番に金を握らせてこっそり丁次に話を聞きにいったがよ、とにかくあいつ、口が利けなかったんだ」

「黒蜘蛛一味は毒をあおって自決を図ったって聞いたが」

「そうだよ。巡査――当時は邏卒って言ったっけ、邏卒どもがねじろを突き止め二重三重に取り囲んで一網打尽にしようとしたら、その廃屋で五人の男が口から血を吐いて死んでいたんだ。丁次は一人、息があった。だが、毒に喉をやられて声を出すことができなかったんだ。体も確か半分利かなくなっていた」

　兎月は話を聞いていて首をかしげた。

「正体不明だったってのに、生き残ったやつが丁次だってのはなんでわかったんだ？」

「そりゃあ蜘蛛の刺青があったからさ」

幸助は自分の腕を――搔巻の上からだが――ぼすんと叩いた。

「他のやつらは竜とか鯉とか、そういう刺青で、蜘蛛が描いてあったのはその生き残りだけ。……だけど、俺が見るところ、あいつは丁次じゃなかったんじゃないかな」

「どういうこった？」

「大悪党が召し上げられたっていう事実が欲しかったんだと思う。一味は自決で頭目も死んでたなんてお上の方も決まり悪かったんだろ。だから生き残った男を丁次ということにした……」

幸助は、部屋の中だというのに誰かに聞かれたら困るという顔で、ひそひそと話した。

「じゃあ丁次は他の死んだ男の中の誰か、か？」

「あるいは――死んでいないか」

「まじかよ……」

ツクヨミうさぎが怯えたように軽く兎月の腹を蹴る。

「丁次は牢の中でめそめそ泣いていた。口が利けないからうーうー呻いてさ。俺はあんなに悲しい目をした男は知らねえよ。あいつは市中引き回しになったんだけど、町のみんなから石やらネズミやら投げつけられて、何度も馬の上から落っこちたよ。刑場で首を吊られる寸前まで助けを求めて唸っていたよ」

　幸助はまるで昨日のことのように話した。

「だけどよ、なんで今頃蜘蛛の巣丁次なんか調べているんだ？」

　幸助はそちらの方が気になるようだった。

「その蜘蛛の巣野郎に追いかけられている子供がいるんだよ」

「はあ？」

　詳しく聞きたがったので、兎月は幸助にリズの夢の話を聞かせた。幸助は何度も首をひねったが、たかが夢だろうとバカにはしなかった。

「こういう仕事をしているといろいろ不思議なことも聞く」

　幸助はそう言った。

「ついこないだも地揺れもないのに新聞社の社屋が崩れたり、赤い女が空を飛んでるって話を聞いたりしたものな」

「そうかい」

　兎月は手で口元を隠した。赤い女が豊川稲荷(とよかわいなり)の化身たちだとわかったので笑いそうになったのだ。

「五年も経ってるからお上ももうメンツだのなんだの言わねえだろう。俺も蜘蛛の巣丁次のことを洗い直してみるよ」

幸助はそう約束して、かわら版を一枚譲ってくれた。


「どう思うよ？　ツクヨミ」

兎月は函館の町を早足で歩きながら、懐のツクヨミうさぎを撫でまわした。

「もし、蜘蛛の刺青を入れてた男が丁次なら、五年も前の話になるな」

ツクヨミは兎月の着物のあわせに顎を載せ、呟く。

「そういうこった」

「しかも蜘蛛の巣丁次は死んでいる」

「だな」

ツクヨミは頭を撫でる兎月の指をいやがって顔を振った。

「しかし、蜘蛛の刺青を入れる人間など、他にもいるのではないのか？　死んだ男に追いかけられるなど怪談噺だ」

「リズのところには実際男の幽霊が出るぜ」

「それは」

からかうように言う兎月に、ツクヨミうさぎは耳をしおしおと垂れた。

「リズが見た幽霊は痩せた男で口から血を流しているって話だぜ？　源屋の幸助が言うには処刑された丁次は毒で喉が爛れた痩せた男だ。一致しねえか？」

「リズは追いかけられているのが自分ではない別な女の子だと言っていたな」

ツクヨミは今度は耳をピン、と立てる。

「その子もすでに死んでいるのではないだろうか？」


「いいえ、そんなことはないわ」

ツクヨミの考えにリズはすぐに反発した。兎月とツクヨミは幸助のところからかわら版を持ってパーシバル邸にやってきていた。

パーシバルは兎月たちを居間に招き、香りのいいお茶をいれてくれた。

「そんなことないとは、その子は生きているのか？」

ツクヨミうさぎはテーブルの上に乗って前脚で丸いクッキーを抱えている。クルミの入ったクッキーはツクヨミの大好物だ。以前は食べ物に興味がなかったのだが、食べ始めると甘いものばかり選ぶようになった。

「ええ、生きてるわ」

リズは自信たっぷりに答える。

「どうしてわかるのだ」

「わかんないけどわかるの……あの子は生きてるって気がするの」

水色のワンピースを着たリズは、フリルの胸に手を当てて言う。

「毎日見る夢が違っているんだもの。少しずつ進んでいるのよ」

「なるほど。死んだものは夢を見ないか」

「そう！　それよ」

リズはツクヨミの言葉に勢いよくクッキーをかみ砕いた。

「それでこれが源屋幸助からもらってきたかわら版なんだが」

兎月はリズに折りたたんだ紙を見せた。リズはそれを広げると顔をしかめる。

「なにこれ」

「それが蜘蛛の巣丁次……。蜘蛛の刺青をした大悪党だが、夢で見るのはこいつか？」

リズはあっさりと首を振った。

「わかんない。腕しか見えないんだもの」

「まあこれも本当の丁次を描いた絵ではないらしいんだが」

リズはパーシバルにかわら版を回した。パーシバルは興味深そうに大げさな立ち回りの絵を鑑賞する。

「それでそのとき幸助が言っていたんだ。なんで今頃って。俺もそう言われて気づいた。なんでリズがそんな夢を見始めたのか、それが重要なんじゃないかって」

兎月の言葉にリズもパーシバルも、そしてツクヨミうさぎも首をかしげた。

「どういうこと？」

「きっかけがあるんだと思う。おまえがその夢を見るようになったきっかけが」

「……きっかけ……」

リズは難しい顔をして、男のように腕を組んだ。

「つまり函館にきて、というのもそのひとつだろう。他になにか変わったことはなかったか？」

「ううーん」

唸るリズを見やり、兎月はパーシバルに視線を向ける。

「パーシバル、おまえもだ。なにかまた妙なものを買ったり売ったり壊したり……バチが当たりそうなことをやってねえか？」

パーシバルは両手を胸の前に上げてぶるぶると長い金髪を振る。

「そんな妙なものなんて扱いませんヨ」

「どうかな。あの面の件だってあるし」

兎月は今は書斎に飾られている能面のことをあげた。

「呪われた面だと聞いて大喜びで手に入れたんだろう？」

そう言われてパーシバルはむっと唇をとがらせる。

「美しい面だから欲しかったんデスヨ」

呪われていると言われ続けた面はパーシバルの同情の言葉で意思を持ち、怪ノモノを取り込んでしまった。兎月がそれを真っ二つに割ったあと、パーシバルがその痕も残さず修理して飾っている。今はただの美しい面だ。

「あのあとはそんな曰くありげなものなど買ってマセン」

「――だったら他になにかいつもと変わったことをしなかったか？」

黙って聞いていたツクヨミうさぎが耳をぴょいと動かして言った。

「いつもと変わったこと、デスカ？」

「そうだ。屋敷のどこかを修理したとか変なところにいったとか取引先が変わったとか」

「そういえば、」

ぽん、とパーシバルが手を打つ。

「おう、なんだ」

「新しく使用人を二人、雇いマシタ」

　パーシバルが新しく雇った使用人は男と女。男は松蔵といい以前は松前にいた。女はお蝶という名で函館の生まれだという。

　兎月はパーシバルの許しをもらい、松蔵とお蝶に話を聞いた。

　松蔵は三十をいくつか越えた男で、背はさほど高くないががっしりとした体つきをしていた。目の上の方に刃物で斬られたような痕がある。

　パーシバル商会にくるまで港で船の出入りを管理する仕事をしていた。英語が多少わかるし算盤もできるということで、商会で会計の仕事を任されている。

　兎月を前にすると緊張したように身をこわばらせ、目をそらした。

「松前から来たんだってな」

「へえ……」

「それ以前はどこにいたんだ？」

「越後の方です。御一新の影響で今まで働いていた店が立ち行かなくなりまして、北へ流れて北海道まで来ました……」

　松蔵は分厚い唇から言葉を押し出すように話した。

「港で働くようになったのはなぜだ？」

「最初は人足として荷の積み下ろしをしてたんですが、頭が異人……外国人と話をするのに困っていたとき、私が口を出したんですよ。それで――船の出入りを任されるようになりました」

　ほう、と兎月は目を瞠った。

「英語はどこで習ったんだ？」

「独学です、北海道をあちこち流れているときに……。こちらには外国人が大勢いますからね」

「ふうん」

　そのあとも多少話をしたが、松蔵はちらちらと目を上げるだけで、一度も兎月をしっかりと見据えなかった。

　次のお蝶は逆に兎月を無遠慮なまでに眺め回した。明らかに興味を持っているようだった。

「函館の出だって？」

「ええ、そうですよ。一度札幌に行ったこともあるけど向こうは寒くって。すぐに戻ってきました。そのあといろいろあって奥州に渡って、そこの男と祝言を挙げたんです。でも夫婦生活は五年しか続かなかったんですよ、旦那が死んでしまってねえ。それでまた函館に戻ってきたってこと」

　松蔵と違って立て板に水のごとく、聞かれていないことまでぺらぺらと話した。

「ここの仕事はどうだ？」

「待遇はいいわねえ、でもお屋敷が広くて掃除が大変！　お給金はいいわよお。奉公人たちもいい人たちばかりで文句はないわ。ずっとお勤めしたいわね、旦那様は異国の方だけど、いい男で親切だし。ああ、あんたもいい男よぉ」

　お蝶はうふふと肩をすくめて笑う。明るく愛嬌のある女だった。


　話が終わったあと、懐からツクヨミうさぎを出した。

「どうだった？　今の二人、嘘をついている様子はあったか？」

「うむ」

　うさぎは両手を上げて耳を折るようにして頭を撫でた。

「男の方は嘘をついていたな。故郷の話と英語の話のところで罪悪感が窺えた」

「女は？」

「女の方は話していた通りだ。まったく心が揺れない。正直な話なのだろう」

「そうか、男は嘘を言っているか」

兎月はかわら版屋の幸助が言っていたことが気になっていた。処刑された蜘蛛の巣丁次が本物ではないという話だ。もしかしたら名を変えて生き延びているのかもしれない。リズがこの機に不気味な夢を見るのも、本物の蜘蛛の巣丁次が身近にいるからなのではないか。ドルイドの巫(かんなぎ)の力がどれほどのものかはわからないが、身に迫った危機を感じ取るということもあるかもしれない。

「どうする？　兎月」

「ひとつ、試してみるか」

「暴力はいかんぞ」

あわてた様子のツクヨミに、兎月はにやりと笑いかけた。

その日の夕刻、松蔵はパーシバルに頼まれて取引先に使いに出た。仕事自体は金子(きんす)を受け取って戻るという簡単なものだが、懐に金を持っているので通常は二人で出かける。だが、このときは他の人間の手が足りないということで、松蔵一人だった。

もう春だが日暮れは早く、帰り道は真っ暗になった。松蔵は金の入った腹を押さえ、もう片方の手に提灯(ちょうちん)を持ち、急ぎ足で夜道を進んだ。

夜道の前方から提灯の灯がゆっくりとやってきた。松蔵が避けようと少し右へずれると、相手も同じ方向へずれた。右に左に、まるで道をふさぐような動きに松蔵は足を止めた。

「よお、松蔵」

松蔵の前に立ったのは兎月だ。わざわざパーシバルに頼んで、松蔵が一人になる用事を作ってもらった。返答次第では松蔵が暴れるおそれがあると考えたのだ。

「あなたは――宇佐伎神社の……」

「兎月だ。昼間はいろいろと聞いて悪かったな」

「どうして……」

松蔵の腹を押さえている腕に力が入った。

「別に金を奪おうってんじゃねえよ。おまえに聞きたいことがもう少しあるんだ」

「聞きたいこと？」

「英語のことだよ。独学だって言ったが嘘だろ」

「う、嘘なものか」

「どこで習ったんだ」

「習ってない」

「北海道に来るにいたった経緯も教えろ」

「昼に言った通りだ」

「あとひとつ」

兎月は右手に刀を取り出した。

「おまえ、町人じゃねえだろ」

言い様刀を抜き斬りかかる。松蔵は素早く身を躱すと両足を広げ、身を構えた。提灯が地面に落ちてめらめらと燃え上がる。

「やっぱりな」

兎月はシャリンと刀を鞘に戻す。

「足運びでなんとなくわかってたんだが、元は武士だな」

「く、……」

松蔵は構えを解かないまま、暗く呻いた。足下の炎が照らすその顔は苦しげだ。

「どっから来たんだ」

「江戸だ。……もとは紀州のものだ」

「幕軍だったのか？」

「ちがう、私は――戦っていない！　新政府軍に刃向かうものではない」

松蔵の声にかすかに怯えがまじる。戊辰戦争から十年経っても、まだ幕府軍を敵視するものが多いせいだろう。

「安心しろよ、俺も元幕軍だ。箱館を戦った男だ」

「……」

松蔵はようやく構えを解き、ふらりとよろけると地面に膝をついた。

「驚かせて悪かったな」

兎月はすたすたと近づくと、落ちた提灯の蠟燭(ろうそく)を拾い上げた。自分の持っていた提灯を広げるとそこに火を移す。

「元の名は？」

「松浦甲之介(まつうらこうのすけ)」

「英語はどこで？」

「……御一新の前に勉強していた。私は徳川(とくがわ)に――慶喜(よしのぶ)さまにお仕えしていたんだ。これからは蘭語ではなく英語が必要だと勘定奉行の小栗(おぐり)さまに命じられ……」

「江戸城から出て禄(ろく)を失ったか」

「そうだ。脱走軍となって新政府軍と戦う度胸もなく、かといって薩摩(さつま)や長州(ちょうしゅう)にへりくだるのも業腹(ごうはら)で……気がついたらここまで流れてきたのだ」

「英語ができるなら新政府軍にも重宝されるだろうに、頑固なんだな、あんた」

呆れた口調に松浦甲之介は初めて目線を上げて真っ直ぐに兎月を見た。

「もうサムライの時代じゃない。それは身にしみてわかっているが……それでも私の心の中の刀は折れていない。薩長(さっちょう)に忠を尽くすよりは、この国を富ませるために商人になりたいと思った。パーシバルどのは私が幕府の人間だったからと差別はなさらないと思うが、取引先の人間の中に眉をひそめるものもいるかもしれない、このことは」

「黙ってるよ」

兎月は提灯を渡した。

「もうひとつ、両腕を見せてくれないか?」

兎月の言葉に不思議そうな顔をしながらも、松浦は両の腕の袖をめくってくれた。肘(ひじ)上まで見たが刺青はなかった。

「ありがとう、この先も頑張ってくれ」

兎月は松浦の肩を叩いた。

「ひとつ、私からも聞いていいか?」

「なんだ?」

「箱館の戦で新撰組(しんせんぐみ)を――土方歳三(ひじかたとしぞう)を見たことがあるか?」

「……」

唇が弛みそうになる。兎月はあわてて手を顎に当てて押さえた。

「土方歳三の名はあの当時、江戸城でも知れ渡っていた。足跡が伝わるたびにみな一喜一憂した。私も戦果に胸躍らせていた一人だ。その土方を、あんたは間近で見たことがあるか？」

「一緒に――」

下手な句を作った仲さ。

そう言おうとして止めた。松浦が憧れた土方はそうじゃない。

「一緒に、すぐそばで戦った。鬼神の如しとはあの人のことだ。強く厳しく、不屈だったよ」

おお――と松浦の目が輝く。土方の名をこうして口にすると、それに元気づけられる人がいる。

まるでお守りみたいだな。

とんとん、と懐の中でツクヨミうさぎが軽く蹴る。兎月は手を入れて頭を撫でた。

「じゃあ、俺は行くよ」

そう言うと兎月は夜道をたったと軽い足取りで走り出した。

その夜、寝間着に着替えたリズがパーシバルの書斎に顔を出した。腕にはツクヨミから借りた神使の皐月うさぎを抱いている。

「どうしマシタ、リズ」

「あのね、」

リズはもじもじとスリッパの足を何度か踏み替えた。

「今日は叔父さまのベッドで一緒に眠りたいの」

「それは」

パーシバルはちょっと驚いた顔をした。

「夢を見るのが怖いからですか？」

リズはこくりとうなずいた。

「叔父さまもドルイドの力を持っているんでしょう？　一緒に寝てくれればリズの見る夢を叔父さまも見ることができるかもしれないわ」

「うーん」

パーシバルはギシリと椅子に身をもたせた。

「しかしリズはもう八歳デス。夏になれば九歳になりマス。もう立派なレディです。いくら身内とはいえ、レディとベッドをともにすることはできマセン」

「……」

リズはパーシバルの返事にくしゃっと顔を歪めた。うさぎが抗議するように脚をジタバタと動かす。

「そのかわり、女中サンを一人、リズのお部屋に寄越しましょう。彼女と一緒に寝て、リズがうなされていたらすぐに起こしてくれるように頼んでおきマス」

パーシバルに言われ、リズはしおしおと自室へ戻った。ベッドに座ると膝の上の皐月うさぎが立ち上がって鼻をくっつける。

「ありがとう、平気よ……」

リズの部屋にきたのはお蝶だった。明るい彼女ならリズが寝るまで楽しく相手をしてくれるだろうとパーシバルは考えたらしい。

その通り、お蝶はリズの枕元に座って奥州で経験したおかしなことや楽しい話をいろいろと語ってくれた。

リズと一緒にベッドに入っているうさぎも、お蝶には聞こえない声で話に突っ込みをいれる。

おかげでリズは楽しい気持ちのまま、眠りにつくことができた。

その夜遅く、やはりリズは追いかけられる夢を見た。

暗闇の中で向こうにあるほんのり白いもののところまで行こうと走っている。

白いものは近づくと桜だとわかった。桜の木が満開の花を咲かせているのだ。

それは北海道でよく見るエゾヤマザクラではなく、本州に咲いている染井吉野(そめいよしの)のように見えた。エゾヤマザクラの花は赤いのに、その桜はほんのりと少女の頬の赤みを落としたかのような淡い色をしていたからだ。

(あそこまでいけば、桜の木に登れば、追いつかれない!)

リズは桜の木に触れようとした。そのとたん、背中に熱い衝撃が走った。刃物で斬られたのだ、とリズにはわかった。

「いやっ! 助けて!」

リズは必死に頭を振った。

――「お嬢さま! お嬢さま!」

揺り動かされてリズは目を覚ました。洋燈の明かりがすぐそばにあり、お蝶の白い顔がのぞき込んでいる。

「大丈夫ですか、お嬢さま」

お蝶は気づかわしげな顔で、汗をかいているリズの額を布でぬぐった。

「ああ、お蝶さん——」

リズは飛び起きるとあわてて自分の背中を後ろ手にまさぐった。夢の中で確かに斬られたが、現実には影響していないようだ。

リズはほっとして、お蝶と、枕元で心配そうに見ている神使のうさぎにも微笑みかけた。

「ひどく怖い夢をごらんになったんですね」

「ええ、そうなの。怖い……怖い夢……」

リズが両手で顔を覆おうとしたとき、うさぎがその手を止めた。はっとして顔を上げると、洋燈の灯がお蝶の背後に大きな影を作っている。その影の中にあの男が——。

怖い夢を見たあと現れるあの男が、今お蝶の背後にいたのだ。

いつもドアの近くでなにか言いたげにしているだけだったのに、今はものすごい形相でお蝶に襲いかかろうとしている。

「あぶない！　お蝶さん！」

リズは跳ね起きるとお蝶を勢いよく突き飛ばした。

「きゃあっ」

お蝶はベッドの下に尻餅をつく。

「あっちへ行って！」

リズは幽霊に向かって枕を投げつけた。うさぎも男に跳びかかる。しかし枕もうさぎも幽霊を通りぬけ、ドアに当たって跳ね返った。そのとたん、男の姿は消えてしまった。

「お、お嬢さま、なにをなさるんです……」

お蝶がわけがわからない、という顔で起き上がってきた。

「今、幽霊がいたのよ！　お蝶さんには見えなかった？」

「いいえ、あたしにはなにも」

「お蝶さんに飛びかかろうとしていたわ」

リズは大きくため息をついて再びベッドに沈み込んだ。

「お嬢さま、いったいどういうことなんです」

「きっと話しても信じてもらえないわ……」

リズはお蝶に背を向けた。この世ならざるものが見えるという話は、同じ力を持つパーシバルの一族にしか通じない。

うさぎがよたよたとベッドの上に乗り、リズの鼻先に自分の鼻を押し当てた。リズはうさぎを抱いて、そのふかふかした毛皮に顔を埋めた。

「そんなことありませんよ。はばかりながらこのお蝶、けっこう風変わりな生き方をしてきましたからね。どんなお話でも真面目に伺いましょう」

お蝶はパンッと夜着の胸を叩いた。リズはおずおずとうさぎの背中から顔を上げる。

「それじゃあ絶対に嘘だって言わないでね……」

リズはそう前置きして、自分が見ている夢と、部屋に現れる幽霊の話をした。お蝶は真剣な顔で聞いてくれた。

「……追いかけてくる腕に蜘蛛の巣の絵が描いてあるって言ったら、兎月さんは蜘蛛の巣丁次って悪人じゃないかって、今調べてくれているの」

リズはそこまで話して小さくあくびをした。さすがに眠気がやってきた。

「かわら版っていうのも持ってきてくれたんだけど、それに載っている絵は嘘なんですって……」

「リズお嬢さまが夢に見るその女の子……どこにいるかはわからないんですね？」

お蝶はリズの首まで布団をかけて聞いた。うさぎも今はリズと一緒に布団に潜っている。

「うん……でもきっと近くにいるのよ……早く助けたいわ……」

リズは金色のまつげを伏せて目を閉じる。もう眠くて仕方がないのだろう。

「あたしも探しますよ、お嬢さま」

「ありがとう、お蝶さん……信じてくれて……」

ぽんぽんと布団を叩かれ、リズは眠りに落ちた。その幼い顔をお蝶はじっと見つめた。

「不思議な話だこと……でももしその子が生きているなら……必ず見つけないとね」

お蝶は洋燈のガラスの火屋（ほや）を持ち上げ、小さな火にふっと息を吹きかけた。

三

翌朝、兎月は久しぶりに宇佐伎神社の本殿で目を覚ました。

去年までのようにうさぎまみれではなく、パーシバルからもらった羽毛布団と毛布のおかげでぬくぬくと眠れた。

兎月は大あくびをして起き上がり、掛け布団、毛布、敷き布団を畳んで本殿に置く。布団が置いてあるだけでずいぶん生活感が出てしまった。神聖な本殿にはあまり見えない。

「今年は社務所をつくるか」

「そうだな」

布団を前に兎月はツクヨミに相談した。

「おぬしのおかげで神社にも人が多く参拝してくれるようになった。社務所くらい建てられるだろう」

　二人はまだ肌寒い朝の境内に降りた。薄く雲のかかっている空に、早起きの鳶が舞っている。

「俺のおかげってことはないだろう」

　雪を払った玉砂利の上を兎月はシャリシャリと音を立てて歩く。一緒に進むツクヨミの足の下はコツリとも音がしない。

「いや、兎月のおかげだ。おぬしが町の人たちと縁を結んでくれたからだ」

「縁？」

「ああ、これは我にはできない。人と人の縁、絆、結びつき。人の心のなせるわざだ」

「それは……」

　兎月は鳥居に到着すると、そこから函館の町を見下ろした。

「この町の人たちが、俺を受け入れてくれたからだ」

「ありがたいことだな」

「そうだな」

　兎月は町に向けてパンパンと手を鳴らした。ツクヨミがぎょっとした顔で兎月を見上げる。

「おい、柏手を打つ方向が違うぞ」

「いいじゃねえか、なんかそういう気分だったんだ」

その二人が立つ鳥居に向かって石段を登ってくるものがいた。

「お、早いな。信心深いこった」

「兎月、あれは昨日のかわら版屋ではないか？」

かわら版屋の源屋幸助だ。幸助は鳥居の下に立っている二人に気づいて大きく手を振った。

「なにか新しい情報が出たのかな？」

幸助はぜえぜえと息を吐きながら石段を上がってきた。

「な、なかなかきついな、この階段」

「八つの子供だって平気で登ってくるぜ？」

疲労困憊といった顔の幸助に、兎月は呆れて言った。

「自慢じゃねえが、俺の行動範囲はフジツボ並だぞ」

「自慢じゃねえな」

兎月は幸助を厨に誘った。昨日の夜汲んでおいた水で湯を沸かす。大工が建ててくれた厨はさすがにかまども使いやすくできており、小さな炊事場と、ものを置くための棚もついていた。

熱い茶をいれてやると、幸助はそれにふうふうと息を吹きかけ、一口すすった。

「ああ、あったけえ」

「それでこんな朝早くからどうしたんだ」

「うん、これなんだが」

幸助は次には湯飲みをぐっとあおり、懐から一枚の紙を取り出した。

「昨日見せたかわら版、あれに描いてあった絵を覚えてるだろ」

「ああ、あのはったりの絵か」

「あれは俺の知り合いの絵師に描いてもらったもんだ。百太(ももた)っていうんだが、あいつは本物の丁次もちゃんと絵にしてたんだ。それが残ってるって言うんで借りてきた」

兎月は渡された紙を広げた。そこには細い筆で男の絵がいくつも描かれている。正面から見たもの、横から見たもの、顔、全身、上半身……痩せて陰気な顔をした男の絵だ。

「牢番に金を渡して丁次に会ったって話をしただろ？　そのとき百太もつれてったんだ。大悪党の顔を描かせようと思って」

兎月はじっとその絵を見た。ツクヨミもうさぎも兎月の膝によじのぼり、一緒に覗き込む。

「これが、蜘蛛の巣丁次？　本物の？」

残忍非道な押し込み強盗の頭目にはとてもじゃないが見えない。

「この絵じゃ世間さまに受ける悪役じゃねえって採用しなかったんだが……」

「確かにな。こいつは悪役でもすぐに殺される下っ端だよ」

「だろ？」

幸助は自分で鉄瓶を取るとお茶のおかわりをいれた。

「この面でめそめそ泣いているもんだから、俺がこいつは丁次じゃねえかもと思うのも無理ねえぜ」

「これ、貸してくれるか？　夢を見ている娘にも見せたい」

「いいぜ。でも百太は返してほしいって言ってるから、あとで届けてやってくれるか？」

そう言って幸助は絵師の百太の住まいを教えてくれた。

昼前に兎月は懐にツクヨミうさぎを入れ、百太の絵を持ってパーシバル邸を訪ねた。玄関で問うとすぐにパーシバルが、それにリズも顔を出した。

「よう、ちょっとリズに確かめてもらいたいものがあってな」

悪夢の件だとわかってパーシバルはすぐに兎月を奥の居間に通してくれた。窓の多い洋風の居間には朝の光がたくさん入って明るかった。

背の低い楕円形のテーブルの上に兎月は借りてきた絵を置いた。その絵を見たとたん、リズは小さな悲鳴を上げた。

「これ！　幽霊だわ！」

「幽霊？」

言ってからリズはさっと振り返って自分の背後を見たので、ツクヨミもびくりと立ち上がった。だがそこに誰かいるはずもない。

「――怖い夢を見たあと出てくる男の人！　この顔、間違いないわ」

「じゃあ本当に蜘蛛の巣丁次なのか」

「でも、」

「でも？」

リズは絵の中のひとつを指さした。

「刺青が違う。夢の中で追いかけてくる腕の刺青が違うわ」

リズが指差したのは横向きの丁次の絵だった。袖をまくり上げ、そこに黒い蜘蛛の絵が描かれている。

「蜘蛛の刺青がありマスよ？」

パーシバルは絵とリズの顔を見比べた。

「だから！」

リズはだだっこのように金髪を振る。

「蜘蛛の巣だってば！　蜘蛛じゃないの！　わたしが見ている夢の腕は、蜘蛛の巣しか描かれていないの、蜘蛛はいないのよ！」

パーシバルはその言葉に「オー」と小さく呟き、頭を叩いた。

「そうデシタカ。蜘蛛の巣と言っていたから当然蜘蛛もいると思い込んでいまシタ」

「リズの部屋に出てくるのはこの男。だが、この男の刺青はリズを追いかけてくる腕にある刺青とは違う。こいつはもしかしたら蜘蛛の巣丁次ではないかもしれない……」

兎月はゆっくりと今わかっていることを指折り数えた。

「リズを夢の中で追いかけてくる腕が蜘蛛の巣丁次だとしたら、蜘蛛の巣丁次は本当は生きていて、別の男を自分の身代わりに立てた……」

「それが一番しっくりキマスね」

「恐ろしい人間だな、蜘蛛の巣丁次というものは」

「だがそれを証明する手だてはねえぞ」

ずるっと音をたてて兎月が紅茶をすすった。

「うーん」

四人はそれぞれ頭をひねる。

パーシバルが仕事があると退室したあと、リズは兎月とツクヨミに夜に見た夢の話をした。背中を斬られたと聞いてツクヨミは飛び上がった。しかし現実には影響していないということで、テーブルの上で溶けた餅のようになって安堵した。

リズが白い桜まで走ってゆくのだ、と言うので兎月は首をかしげた。

「白い大きな桜？　じゃあ北海道じゃねえのかな」

「そうかもしれない」

リズも北海道の桜が赤いことには気づいていた。

「白い桜もないことはないと思うが、普通あちこちに咲いているのは赤いエゾヤマザクラだよな」

「そうね」

最終的に、今度リズが幽霊を視(み)たら話を聞いてみるということになった。

口が利けないのでは、というツクヨミの言葉に、「丁次かそうでないかを尋ねるだけなら口が利けなくてもうなずくことで応えられる」と兎月が答えた。

「怖いかもしれねえが、やってみてくれ。まあ幽霊に聞く耳があればの話だが」
兎月はそう言ってリズの手を握った。

昼になったので蕎麦屋で熱いかけ蕎麦をたぐった。ツクヨミも食べたそうにしたので箸で一本すくってやる。懐からうさぎを覗かせる兎月に周囲のものはぎょっとした顔をした。

食べ終わると、兎月は源屋幸助から聞いた絵師の家に向かった。絵師の住まいは常盤坂の途中の長屋にあった。

絵師の百太は三十前の若い男だった。普段は襖や扇子に絵を描いているという。かわら版の仕事は頼まれたときだけ請け負っているといい、周囲には内緒にしている、と照れくさそうに言った。

「それでも記事の内容に添おうと思って現場に出かけたり、下手人の似顔絵を描いたり、けっこう時間をかけてるんですよ」

百太は兎月から返してもらった蜘蛛の巣丁次の絵をまじまじと見た。

「こいつを描いたときのことはよく覚えてますよ。希代の大悪党っていうんでおっかなびっくり、興味半分で向かいました。でもこいつが牢の中にいたときは――」

「絵描きとしての目で見てどうだった？」

兎月は百太に聞いた。

「こいつは残虐非道な大悪党かい？」

百太は黙って首を横に振った。


「やっぱり処刑されたのは丁次じゃねえんだな」

兎月は懐のツクヨミうさぎに話しかけた。

「だからそれを恨んで幽霊になって」

「そうだとしてもそれでリズの前に現れるのは道理としておかしい」

ツクヨミは兎月の着物のあわせに顎を載せ、ゆらゆらと揺れるに任せている。

「幽霊なんてものがそもそも道理に添ったもんじゃねえからな」

「なぜ幽霊はリズの前に現れるのか、なぜリズは蜘蛛の巣の腕に追われる夢を見るのか。ふたつの事柄の原因は同じなような気がするのだが、それがさっぱりわからない」

ああ、もう、とうさぎが小さな頭をぶるぶると震わせる。

「そもそも神である我はこんな些末な人間ごとに関わってはならないのだ」

兎月は片手でツクヨミうさぎの耳をひらひらといじった。

「そう言うなよ。これこそ縁だろ。リズは神の声を聞く巫だ。おしゃべり相手の悩みくらい解決してやれ」

「神の声を聞くとはそういう意味ではない」

そう話しながら歩く兎月の目の前を、チラリと白いものが舞った。

(雪、か?)

空を見上げると透き通るような青空だ。日差しも眩しくどこにも雪雲はない。

妙だなと思っているとまた白いものが舞い降りてきた。とっさにそれを指先で挟む。

「どうした、兎月」

「……桜だ」

兎月は手の中の花びらをうさぎに見せた。

「本当だ。桜の花びらだ。こんな町中に」

「どこかの庭から流れてきたのかな」

「……桜にしては……白いな」

兎月とツクヨミうさぎは顔を見合わせた。

「白い桜!」

そのあたりを走り回り、桜の花びらを追って探してみると、一軒の家の庭に辿り着いた。北海道ではなかなか見ない、白い花を咲かせる大きな桜が生け垣の上から頭を覗かせている。

兎月は生け垣を回って表へ出てみた。その家は大通りに店を持っていたが、店の入り口は堅く閉ざされ、板まで打ち付けてある。

しばらくその前でうろうろし、やがて通りかかった男を捕まえた。

「すまねえ、この家――店について聞きたいんだが」

「へえ？」

男はちょっとそこまで、というような格好だったので、近所のものだろう。

「店は閉まっているようだが、家人はどこへ行った？」

「ああ、ここはねえ」

通りすがりの男は顔をしかめた。

「ここは気の毒な店でねえ。大橋(おおはし)屋さんて言うんだけど、何年か前に押し込みに入られて、家の主人も家族も使用人もろとも殺されてしまったんですよ」

兎月の懐でうさぎが跳ねる。それをなだめて兎月はさらに聞いた。

「その押し込みってのは黒蜘蛛って一味か？」

「そうそう、そんな名前だった」

ぽん、と顔の前で手を打って男は答える。

「それ以来、縁起が悪い店だって買い手もつかずに放りっぱなし。中にはまだ殺された家人の血が残っているっていうよ」

「店のもの全員か？　もしやその中に子供はいなかったか？　女の子だが」

男はきょろりと目玉を上にし、思い出そうとしているようだった。

「うん、いたよ。一人娘の……名前はなんと言ったっけな、ちょっと思い出せないけど確かにいたよ」

「その子は？　その子も殺されたのか？」

「ああ、その子はねえ——」


兎月が近所の男と話をして、再び裏の庭に回ったとき、桜の下に女の姿を見た。女は物思う風情でぼんやりと桜を見上げている。

「お蝶さんじゃねえか」

兎月が声をかけると、お蝶は夢から醒めたような顔になった。

「あら、兎月さん」

「どうしたんだい？　こんなところで」

「いえね、思い出したんですよ。あたしが奥州に渡る前、この大橋屋さんに黒蜘蛛一味の押し込みがあったなあって」

お蝶の髪や着物の肩に白い桜の花びらが舞い落ちる。お蝶は自分の着物の袖に落ちた花びらを指で摘まみ、ふうと吹き上げた。

「ああそうだ、俺も今表で聞いてきた」

「あたし、リズお嬢さまから幽霊の話や夢の話を聞いたんです。それでなにかお力になれないかと思って」

「へえ」

兎月は単純に感心した。リズの話は普通の人間からすると突拍子もないものだろう。それを子供の夢だとバカにせずに信じてくれるなどなかなかない。

「兎月さんがそのことを調べているのも聞いてますよ」

お蝶はもう一度桜を見上げた。

「それであたし、黒蜘蛛一味が最後に仕事をしたここになにか手がかりがないかと思って。確かここには当時リズお嬢さまくらいの歳の女の子がいたから」

「ああ、そうだってな。かわいそうに」

「むごいことですよねえ。その子はご両親と同じお墓に入ったんでしょうか？」

「あ、いや、その子は生きてるらしいぜ」

「えっ!?」

お蝶は驚いた様子で両手を口に当てた。

「近所のものが駆けつけたときには大人たちは全員死んでいた。けれど庭の桜の木の下に倒れていた女の子は背中を斬られていたが傷が浅く、助かったんだ」

「そ、そうだったんですか、よかった。でも、どうしてそのことは知らされなかったんでしょう、あたしも当時は死んだとばかり」

「それは俺にもちょっとわからねえ。話してくれた男も娘は助かったがそのあと親戚に引き取られたってだけで、親戚がどこにいるのかも、娘がどうなったかも知らねえようなんだ」

それを聞いてお蝶はがっかりした顔になった。

「そうなんですか……」

「桜に娘、それに黒蜘蛛。たぶん、リズの見ている夢はこの店の事件に関係あると思うんだがな」

「ここにきて行き詰まっちゃったってことですか」

「ああ」

二人はため息をついて桜を見上げた。桜は人間たちの愁嘆など知らぬふうに、優しく花を散らしていた。


その夜もリズはお蝶をそばにおいて眠りについた。お蝶はリズがうなされたらすぐに起こしますから、と約束してくれた。

できれば怖い夢は見たくないが、兎月たちが少しずつ真相に近づいていることが、リズの勇気になった。自分も夢の中からもう少し手がかりを見つけられるといいのだが、と考える。そしてあの幽霊の男。彼は今夜も出るだろうか？

ベッドに入り布団をかぶる。お蝶がぽんぽんと首元を叩いてくれた。

「お蝶さん」

「はい」

「ありがとう……」

お蝶はにっこりした。

「おやすみなさいませ、お嬢さま」

リズはたちまち夢の世界に引き込まれていった。

痛い痛い痛い。

背中が痛い。

斬られた背中がまるで火に炙られてでもいるように痛む。だが、その痛みより恐怖の方が勝っていた。

リズはようやく桜に辿り着いた。

この桜の木は産まれたときから家の庭にあった。ずいぶん前から立っていたという。

ずっとこの桜と育ってきた。桜の木に登ってはおっかさんやおとっつあんに叱られた。

たすけて、さくら。わたしをつかまえさせないで。

リズは桜の木に飛びついた。どこに足場があるのか、何度も登っているからわかっている。まるで栗鼠のようにするするとリズは桜によじ登った。

下から罵声が聞こえる。わたしを取り逃がして怒っているのだ。

闇に紛れて桜の花の中に身を潜める。

おねがい、さくら。わたしをかくして。あのくもからわたしをかくして。

冷たい夜が更ける。桜の木の枝に掴まって、わたしは夜着一枚で震えている。

さむい、つめたい、こわい、せなかがいたい。

枝に掴まっている指も手も腕も冷たくなってゆく。

背中がさっきまで燃えるように熱かったのに、今は凍りついたように冷たい。骨がミシミシ言い出すような気さえする。

さむい、つめたい、こわい、くらい。

わたしはずっとここにいるの。あいつらに見つからないように、ずっとずっとここにいるの――。

「……お嬢さま？」

夜中ふと目を覚ましたお蝶は、洋燈に火をいれてリズの顔をのぞき込んだ。

リズはうなされてはいない。静かに眠っている。

なのに、なぜ自分が目を覚ましたのかわからない。

「……？」

それでもお蝶はなにか異質なものを感じた。なんだろう、これは――。

よく見ていると、リズの呼吸が奇妙だった。口から白い息が吐き出されている。

部屋の温度は確かに低いが息が白くなるほどではない。

「お嬢さま？」

リズの頬に触れ、お蝶は驚きで洋燈を落とすところだった。

リズの頬が、いや、体全体が、まるで氷のように冷たくなっていたのだ。

明け方、兎月とツクヨミがパーシバル邸へ駆けつけたのは、連絡をもらったからではなかった。

眠っている兎月をツクヨミが叩き起こしたのだ。

「我の神使が救いを求めている。リズになにかあったようだ！」

そんなわけで真っ暗な夜道を駆けてパーシバル商会へやってきた。夜中にも拘わらずすぐに戸を開けてもらえたのは、店でもリズの異変で騒ぎになっていたからだ。

「兎月さん」

お蝶が青い顔で出てきた。

「お蝶さん、リズは？」

「今、お医者さまが来てくださっているんですけど」

兎月はお蝶に案内されてリズの部屋に来た。そっと覗くとベッドの横にパーシバルが立ち、椅子に座った医者がリズの脈をとっている。

「パーシバル」

小声で呼ぶとパーシバルがすぐに部屋の外へ出てきた。

「リズは？」

「目を覚ましませセン」

パーシバルも夜着のままだった。分厚い羊毛のガウンを羽織っている。

「お蝶サンから呼ばれてリズの部屋に来ましたが、リズは氷の中にいるように冷えていまシタ。暖炉に火をいれましたがリズの体は冷たいままデス」

「生きているのか？」

「呼吸はしていマス……でも、脈も心臓の鼓動もひどくゆっくりで、今にも止まりそうデス」

「そんな」

医者が出てきてパーシバルになにか話しかけた。そのすきに兎月とうさぎの体に入ったツクヨミは、リズのベッドのそばに寄った。

「リズ」

兎月は呼んでみたがリズのまつげはぴくりとも動かない。

「リズ」

ツクヨミうさぎも枕元に跳ねて声をかけた。

「冷たい……」

神使のうさぎがリズの顔の横に後脚で立ち上がり、ピスピスと鼻を鳴らす。

「おまえがいたのになぜ」

ツクヨミが責めるように言うと神使のうさぎはしょんぼりと耳を垂らした。

「そう言うな。夢の中のことならうさぎたちにもなにもできないだろう」

「そうだが——そうなんだが……」

「リズはいったいどんな夢を見てこうなったんだろう」

兎月の言葉にツクヨミうさぎが後脚で立ちあがった。

「我がリズの夢に入ってみる」

「え？」

「我は月の神、夜の神だ。眠りや夢は我に近しいもの。リズの夢の中になにか手がかりがあるだろう」

「そんなことができるのか」

ツクヨミは両手で耳を一本ずつ持ち、それを頭の前に引き下げた。

リズの頭に自分の鼻を押し当て、じっとうつむく。

やがて医者と話を終えたパーシバルも戻ってきた。ツクヨミうさぎの姿を見て、

「兎月サン、これはいったい……」

「しっ」

兎月は唇の前に指を立て、パーシバルを制した。

二人は黙ってうさぎとリズの姿を見つめた。

「……っ、だめだ」

うさぎが耳を離して顔を天井に向ける。

「夢が遠い。これはやはり、リズの見ている夢ではないのだ」

「リズが言っていた、誰か別の女の子の見ている夢ってことか」

「そうだ。急いでその子供を探さなければならない」

手がかりはある。押し込みに襲われた家の生き残りの女の子。今となってはその子しかいない。

だが五年も前のことで今どこにいるのかもわからない……。

「探しマス。リズのためですから」

パーシバルが断固として言う。確かに商人同士のつてを辿れば見つかるかもしれない。

「……朝になったら、俺は満月堂(まんげつどう)に行ってくるよ」

兎月はパーシバルに苦く笑いかけた。

「リズが目を覚ましたとき、うまい饅頭(まんじゅう)があったら喜ぶだろう」

「ハイ……」

冷たい息を吐く少女を前に、二人の男と小さな神は悄然(しょうぜん)と立ち尽くした。

兎月とツクヨミは一度神社に戻った。山にしらじらと朝日が当たり、兎月は普段行っている通り水を汲み、薪を割り、境内の掃除をして、素振りをした。

ツクヨミは階に腰を下ろし、そんな兎月を見ていた。うさぎたちは周りに集まったがいつものように騒ぐでもなく、うろうろするだけだ。

兎月は朝餉を作ってツクヨミを呼んだが、小さな神は黙って首を横に振った。

代わりに神使のうさぎが一羽、兎月につきあってくれた。最近では兎月もうさぎを見分けられるようになった。

一緒に朝餉をとってくれたうさぎは如月という。睦月から始めて師走まで、全部で十二羽のうさぎたちだ。

「満月堂にいくつもりだが」

食事を終えたあと、声をかけたがツクヨミは大儀そうに兎月を見上げただけだった。

「おまえがここで心配してても仕方がねえだろう」

「そうだが……」

「お葉さんの饅頭を食ったらなにかいい考えが浮かぶかもしれんぞ」

しょんぼりしているツクヨミを見ていたくなくて、兎月はあえて明るく言った。

「いい考え？　消えた娘を探す方法とか？」

「それはパーシバルに任せておこう。俺が気になっているのはなぜリズがその娘の夢を見るのか、だ。なにか見落としていることがあるんじゃねえかと思うんだ」

「我にもっと力があれば、リズの夢も引き寄せることができるのに」

ツクヨミは悔しそうに拳を握る。

「今ほど力のなさを感じたことはない」

「神社だって少しずつ参拝者が増えている。すぐに力だってつくようになる」

ツクヨミの腰や膝にうさぎたちが後脚で立って手をかける。

『カミサマ　イッテコイ』

『キブン　カエロ』

「……うむ」

ツクヨミは両手でうさぎたちをぎゅっと抱えた。

「わかった。我が鬱々（うつうつ）としていると神気も濁る（にご）な。参拝者にも申し訳がない」

ツクヨミは一羽のうさぎの中に入った。実体を持ったうさぎを兎月は懐にいれる。

「じゃあな、神社は任せたぜ」

『マカサレタ』

『イッテコイ　カミサマヨロシク』

うさぎたちが後脚で立ち上がり、鳥居を出る二人をそろって見送ってくれる。兎月が肩越しに見やって小さく手を振ると、耳がいっせいに振られた。

お葉のところへ行く前に大五郎組に寄った。黒蜘蛛一味の最後の仕事、大橋屋への押し込みのことを聞いてみようと思ったのだ。

「確かに大橋屋は黒蜘蛛に皆殺しにされてしまいましたね。でも娘が生きていたなんてあっしも知りませんでした」

玄関先の框(かまち)に腰掛ける兎月に、大五郎は首をひねった。

「近所のものしか知らなかったのかね」

「あれじゃないですか？　黒蜘蛛はずっと正体不明でしたからね、生き残りがいるとわかれば狙われるかもしれねえから内緒にしてたとか」

お茶をいれてくれた辰治が口を挟む。

「それはあるかもな」

「押し入った先をことごとく皆殺しにするような残虐で用心深いやつらです。その娘さんも隠されているのかも」

それを聞いて兎月はふと疑問を抱いた。

「そういや、黒蜘蛛はなんでねじろがばれたんだ？」

「聞いた話だとタレコミがあったらしいんですよ。番屋に投げ文があって」

大五郎が記憶を絞り出そうとするかのように、額を押さえて言った。

「タレコミか……用心深い連中なのに、どこから漏れたんだろうな」

「そうそう、一味が仲間割れしたんじゃねえかって噂も出ましたよ」

やがてすっきりとした顔をして大五郎が言った。

「仲間割れ？」

「現場に入った捕り方から聞いたんですが、間が絶妙すぎるんですよ。警察が動いて取り囲んだその夜に全員が毒をあおるなんて。しかも現場は毒を飲んだ苦しみからか、はいずり回って血の海だったって」

大五郎の話にその様子を想像して兎月は顔をしかめた。

「覚悟の自決ならもうちょい苦しまない方法で死んだんじゃねえんですかね。仲間割れで自分を含めた全員を殺そうとしたんじゃねえかと。生き残った丁次に聞いても、まあ口も利けねえし、手も動かねえしで」

大五郎は首をすくめる。

「俺たちはその丁次が偽者だったかもしれねえって思っている。だとしたら毒を飲ませたのは……」

「本物の蜘蛛の巣丁次ですかい？　自分で仲間を売って、毒を飲ませて？　それが確かなら……ぶるる、なんてひでえやつなんだ」

「そうだな。非道で、しかも頭がいいやつだ」

兎月は湯飲みを戻すと框から立ち上がった。

「朝っぱらから気分の悪い話を聞かせて悪かったな。だが丁次についてわかったことがあったらなんでも知らせてくれ。行方不明の娘についてもだ」

「わかりやした」

大五郎も辰治も威勢よく返事をした。


満月堂に向かう途中、そのへんの道に生えていた桜の枝を折った。枝先にこんもりと赤い花がついている。

花を見ていてお蝶のことを思い出した。白い桜を見上げていたお蝶。いろいろあって函館を離れたと言っていた。奥州での結婚生活も五年と短かった。彼女も決して穏やかな人生を歩んだとは思えない。それでも明るい顔で生きている。

黒蜘蛛に両親を殺された娘はどこで生きているのだろうか。

「こんちは」

満月堂ののれんをくぐると先客がいた。身なりは華美ではないが、上品な佇まいの婦人だ。なにやらお葉と話し込んでいる。

兎月に気づいたお葉が軽く会釈をすると、婦人もこちらを向いて頭を下げた。

それで話を切り上げようと思ったらしく、「それじゃあまた」と手に風呂敷包みを抱えて店を出ていった。

「邪魔したかい？」

兎月は女性を見送って言った。

「ああ、いいえ。ちょっとお気の毒な方で、いつもお話を伺っているんですよ。ほら、話せば少しは心が晴れるでしょう？」

「そうだな」

確かに自分もお葉と話して気晴らしをしようと思ってやってきたのだ。

「なにか店をやってる人かい？」

こぎれいな感じから客相手の商売をしているのではないかと思ったのだ。お葉はうなずいて、

「大三坂（だいさんざか）にある栄泉堂（えいせんどう）って古美術屋さんの女将のお秋（あき）さんです。前からときどきお茶菓

子を買ってくださってたんですけど、兎月さんとは間が合わず初対面でしたね」

「あ、兎月さん、こんにちは！」

おみつも奥から出てきた。

「うさぎさんも、こんにちは」

おみつの声にツクヨミうさぎは顔を上下させて挨拶を返す。

「おみつちゃん、お茶をお願い。兎月さん、新作のお味見いかがですか」

「ああ、それが狙いだ」

兎月は笑って床几（しょうぎ）に腰を下ろした。すぐにおみつがお茶と小皿を持ってくる。今日の満月堂の菓子は桜の花をかたどった練りきりだ。

「白あんに桜の塩づけを刻んでみました」

「へえ、甘いのとしょっぱいのとで面白いな」

ひとかけ切ってうさぎの口元に持って行く。もぐもぐと食べたうさぎは耳をせわしく動かした。

「こいつもうまいってよ」

「あら、よかった」

お葉は手を小さく叩いて喜ぶ。

「栄泉堂の女将さんもこれを買っていってくださったの。娘さんと食べるんですって」

「ふうん」

「……食べられればいいんだけど」

お葉は気づかわしげなため息を零す。

「食べるだろ？　こんなにうまいんだから」

兎月の言葉にうさぎも顔を上下させる。

「そうじゃなくて……娘さん、ずっと寝付いているんですって」

「病気なのか？」

「長患いなんですよ。昔大怪我をしてからぼうっとした状態で口も利かず手を貸さなければ動きもしないんですって。ひっぱってあげれば動くんですけど、自分からはなにもしないんだそうです。食事は口にいれれば飲み込むっていうんでおいしいお菓子を食べさせてあげてるそうなんです」

お葉はちょっとためらった様子だったが、兎月にそこまで話した。おそらくお秋との会話でしょった重い荷を、話すことで手放したかったのだろう。

「親心だな」

「……血はつながっていないんだって」

おみつが重大な秘密を話すように声を潜めた。

「これ、おみつちゃん」

お葉が止めようとしたが、おみつは幼いながら栄泉堂の女将に同情していたのか勢いのままに続ける。

「かわいそうなの。ほんとのおっかさんたちが押し込みに殺されてしまって……」

兎月は茶碗を落としそうになった。うさぎも懐から顔を突き出す。

「なんだって!?」

四

兎月はお葉から栄泉堂の詳しい住所を聞き、そこへ向かった。

お葉から聞いた話では、栄泉堂のお秋は押し込みにあった大橋屋の女将お春の姉だそうだ。

事件の朝、一家皆殺しの店で、一人娘のお小夜だけが生き残っていた。庭の桜の木の下に倒れていたのだそうだ。背中に傷があったがそれは浅かった。

だが意識を取り戻してからも、反応は鈍く、人形のように話さず動かず、五年が過ぎてしまった。

兎月は栄泉堂へ行くと、函館山の宇佐伎神社のものだと名乗った。お葉さんから話を聞いて一度お小夜さんの容態をみたいと持ちかけてみた。

いきなりで用心されるかもしれないとは思ったが、最近宇佐伎神社の名も高まっていたおかげで、逆にお秋に感謝された。

「わたしたちがお小夜を見つけたときは、周りに桜の枝が落ちていました。お小夜はきっと桜に登って隠れていたんでしょう。でも枝が折れて落ちてしまって……そのときうちどころが悪かったのか、ずっとぼんやりしたまんまなんです」

案内された娘の部屋は、日差しがよく入る明るい部屋で、今も障子が開けられ、手入れされた庭がきれいに見えていた。

お小夜は布団の上に上半身を起こしていたが、その庭も見ずに布団の一点をじっと見つめている。

「お小夜さんは今、おいくつで？」

兎月が聞くと、お秋は切ない顔で、

「年が明けて十三になりました。でも食が細いので、そうは見えないでしょう？」

兎月はうなずいた。お小夜は十ばかりの少女のように見えた。五年前は八歳、今のりズと同じ歳だ。

「顔を庭に向けてやればずっとそちらを向いています。寝かせればそのまんま。食べ物は口に入れれば飲み込むので、みんな細かくして水のように飲ませています」

お秋は悲しげに説明した。自分のことを話されているのにお小夜は聞こえていないようだ。

「お小夜さん、宇佐伎神社の兎月だ」

話しかけてみたが瞳は動かない。

「こいつは神社の神使のうさぎだ。ほら」

懐から取り出したツクヨミうさぎをお小夜の膝に乗せる。ツクヨミはうさぎらしく耳を動かしたり鼻をひくつかせ、かわいらしくしてみせたが、反応はなかった。

「お小夜さん、あんたは夢を見ないか？　蜘蛛の巣の刺青を入れた腕に襲われる夢だ。そして桜の木に逃げる……そんな夢を見ていないか？」

声も聞こえないのだろうか？　お小夜の表情は変わらない。

「リズという異国の少女に夢で会ったことはないか？」

いろいろと話しかけてみたがお小夜は無反応だった。なまじかわいらしい顔をしているだけに、本当の人形のようだ。

「だめか……」

兎月が呟いたとき、不意にお小夜に変化が現れた。目が大きく見開かれ、体がぶるぶると震えだしたのだ。

「どうした？　お小夜さん」

兎月が身を乗り出したとき、そばに控えていたお秋が叫んだ。

「蜘蛛です！　お小夜の布団の上に蜘蛛が！」

見ると布団の膝のあたりに小さな灰色の蜘蛛がいる。

「お小夜は蜘蛛だけはわかるんです。早く蜘蛛を殺して！　お小夜が怖がります！」

お秋は膝で這って布団のそばで手を振り上げた。兎月はその腕を止めると、自分で手を伸ばして蜘蛛を摘まみ上げた。そのまま立って縁側から外へ逃がしてやる。

「この蜘蛛は悪さはしないぜ、お小夜さん。あんたが真に怖れているのは黒蜘蛛一味だろう？」

お小夜の体の震えは止まった。彼女の目は兎月の摘まんだ蜘蛛を追って今は庭に向いている。明るい日差しがお小夜の目を透かしている。

だがやはりお小夜はなにも語らなかった。

栄泉堂を出た兎月にツクヨミが小声で話しかけた。

「触れてみてわかった。確かにリズの見ている夢はあの娘が見ている夢だ」

「そうなのか？」

うさぎは頭を激しく上下させた。

「小夜は起きていながら悪夢に囚われ続けているのだ。そして繰り返し蜘蛛の巣の腕に襲われ桜の木に逃げ続けている。どこでリズが小夜の夢に入り込んだのかわからないが」

「これからどうする？」

「決まっている。悪夢の中から救ってやるのだ。小夜もリズも一緒に」

ツクヨミが断固とした口調で言う。

「悪夢の中から？」

「我はツクヨミ、夜の神。夢は我の領分。夢を見ている本体がいるのならば、今度は失敗はしない！」

兎月とツクヨミはすぐにパーシバル邸に向かった。パーシバルの方から栄泉堂に申しいれてもらい、リズとお小夜を同時に悪夢から救うのだ。

パーシバルは直接栄泉堂に連絡をとることはせず、まず、函館市内でつきあいのある商人に取り次ぎを頼んだ。いきなり異国の人間が「おたくのお嬢さんとワタシの姪が同じ夢に囚われている」と言っても信じてもらえないと判断したのだ。

栄泉堂の夫婦はリズがお小夜と同じように眠り続けているということに興味を示し、二人一緒に眠りの祓いを受けることを承諾した。

リズはパーシバルの手によって栄泉堂に運び込まれた。庭の見える部屋、お小夜の隣にもうひとつ布団を敷き、そこに寝かせる。

時刻は宵五ツ（午後八時）。

兎月は行灯を四つ用意させた。二人の娘の四方に行灯を置き、注連縄を張る。

そのあと部屋からすべての人間を出させた。

「さて、やるか」

兎月は懐からツクヨミうさぎを出した。うさぎは注連縄に向かって鼻を蠢かす。

「これはなんのまじないだ？」

「いや、別に意味はないんだが、こういうのがあった方がそれらしいだろ？」

兎月は悪びれずに言う。

「茶番だ」

「そう言うな。なにかしら型があった方が人はありがたがるんだよ。で、どうすんだ」

「二人の娘の夢の中に入る」

ツクヨミはリズとお小夜の間に跳ねて立ち上がった。

「それで呼び戻すのか?」

「おそらく小夜もリズも夢の中で黒蜘蛛に追われているはずだ。そこから救い出せば目覚めるだろう」

「よし、がんばれ。俺はどうしていればいい? 祝詞(のりと)の真似事でもするか?」

ツクヨミはじろりと兎月を見上げた。

「なにを言ってる。蜘蛛を退治するのはおぬしの役目だ」

「あ?」

「夢に入って二人を救い出せ。ではいくぞ」

うさぎは耳を両手で持って顔の前に引き下げた。

「ま、待て! 聞いてないぞ、そんなの……!」

とたんに急激な眠気に襲われ、兎月が前のめりになる。

「ツクヨミ……おまえ、いつも、説明ぶそ、く……」

兎月はリズの布団の上につっぷした。

リズは暗闇の中、寒さにガタガタと震えていた。いったいいつからこうして桜の梢にしがみついているのかわからない。

追いかけてきた腕は見えなくなったが、降りたらまた捕まりそうな気がして降りることもできない。

「ママ……ダディ……叔父さま……ツクヨミ……サムライ……」

繰り返し繰り返し会いたい人の名前を呟くだけだ。

「……」

どこかで声が聞こえた。知らない声だ。それは泣いている。

「誰……」

リズは梢の上で顔を巡らせた。しくしくと小さな女の子の泣き声が聞こえる。

「誰？　どこにいるの？」

リズは梢に立ち上がり、もうひとつ上の枝に登った。

「どこ？　泣いているの、誰？」

いくつ枝を登り、渡り、花を通り過ぎたのか。ようやく出会ったその子はおかっぱ頭の幼い少女で、背中には斬りつけられた痕があった。

「見つけた！」

リズは用心深く少女のそばに寄った。

「泣いていたの、あなたね」

少女は涙に濡れた瞳を上げてリズをみた。

「だあれ？　異国の人？」

「わたし、リズよ。日本育ちのアメリカ人。あなたは？」

「あたし、お小夜……」

「お小夜ちゃん……わたしはあなたを知っているわ。ずっとあなたの夢を見ていたの」

「あたしの夢？」

呟いたお小夜は急にびくっと身をすくめ、木の幹にすがりついた。

「誰かが呼んでる。きっとあの怖い人たちだわ」

リズが耳をすますと遠くから「おーい、おーい」と声が聞こえた。その声には聞き覚えがあった。

「あれはサムライだわ！　兎月が来てくれたんだわ！」

リズは枝の上に立ち上がった。

「サムライ！　ツクヨミ！　リズはここよ！」

お小夜は驚いてリズにしがみつく。

「だめよ！　悪いやつよ！　殺されちゃうわ」

「大丈夫よ！　助けにきてくれたの！　さあ、一緒に降りよう！」

お小夜は必死な様子で首を振った。

「だめっ、降りれない！」

「なんで……」

「下は蜘蛛でいっぱいよ！」

「えっ⁉」

リズが下を見ると、お小夜の言うように地面の上は黒い蜘蛛で埋め尽くされていた。ざわざわもぞもぞと、八本の毛むくじゃらの脚を持ったものが蠢いている。蜘蛛が重なり、今にも桜の木の上に上がってきそうだ。蜘蛛の上に
「きゃああっ！」

リズとお小夜は抱き合った。

「助けて！　助けて！」

「おーい！」

声に答えるものがいた。リズが下を見ると、兎月の姿が見えた。

「サムライ！」

「リズ！」

兎月は駆け寄ろうとして、桜の木の下を埋め尽くす蜘蛛に気づきたたらを踏んだ。

「うわっ！　なんだこれ！」

「兎月、助けて！」

「助けろったって……こんなのは考えもしていなかったな。畜生、ツクヨミのやつ、放り込んでおいてそれっきりかよ」

兎月が意を決して蜘蛛の中に足を踏み入れようとしたとき、蜘蛛の群(むれ)の中からひときわ小さな灰色の蜘蛛が、兎月の前に進み出てきた。

「お？」

その蜘蛛は兎月の前で体を起こした。そしてくるりと振り向くと、地面にうじゃうじゃと蠢いている蜘蛛たちに向かって両腕を振り上げた。

「……」

うぞうぞと動いていた蜘蛛たちが動きを止める。と、まさに蜘蛛の子を散らすように蜘蛛たちはさあっと桜の木の下からいなくなってしまった。

「おめえ……」

兎月は膝をついて小さな蜘蛛に指を差し出す。蜘蛛は兎月の指に登り、手の甲を横切って地面に降りた。そして彼もまた見えなくなってしまった。

「あのときの蜘蛛だったのかい」

兎月は蜘蛛のいなくなった地面を踏んで桜の木に近づいた。

「さあ、降りてこい。もう蜘蛛はいねえぜ」

「サムライ！」

しかしリズは兎月の後ろに恐ろしいものを見た。それは白く細い腕ばかりの化け物だった。

真ん中に髪の固まりのようなものがあり、そこから無数の腕が出ている。腕にはすべて蜘蛛の巣の刺青が刻まれていた。

「うわっ！」

兎月も気づいた。腕は地面を掻き、車輪のように回転しながら兎月に向かってきた。

「なんだ、こりゃあっ」

兎月が避けると、腕の化け物はその勢いのまま桜の木にぶつかった。桜が花をまき散らしながら大きく揺れる。

「きゃあっ！」

リズとお小夜が木にしがみつき、悲鳴を上げた。

「追いかけてくる腕……こいつか」

腕は兎月を無視して桜の木をがりがりとひっかき始めた。幹が揺れ、リズとお小夜が落ちそうになる。

「化け物！　こっちだ！」

兎月は固まりから突き出ている腕を引っ張った。その手は逆に兎月に摑みかかり、鋭い爪でひっかいてくる。

「木から離れろ！　もう夢は終わりだ！」

兎月は片手を上げた。

「こい！　是光(これみつ)！」

手の中に光が集まり、一振りの刀の姿になる。兎月は束を握り、化け物に対峙した。

「っと、待てよ？　こいつは怪ノモノなのか？　是光で斬れるのか？」

その言葉に答える声があった。

「ここは夢の中だ。おぬしが斬れると思えば斬れる」

その声はリズにも聞こえた。

「サムライ！　斬って！　化け物をやっつけて！」

「わかった」

兎月は刀を上段に構えた。

「くたばれっ！」

腕だらけの化け物を袈裟懸けに斬り下ろす。真っ二つになったそれは、しかしのたうつように動いている。それをもう一度、さらにもう一度。

腕がぼたぼたと地面に落ちた。それらはまるで蜘蛛のように指を動かして逃げてゆく。

「サムライ！」

リズが木の幹を滑り降りてきた。

「リズ！」

兎月は飛んで自分の胸にすがりついたリズを抱きしめた。

「よくがんばったな！」

「怖かったわ、なんでもっと早く来てくれなかったの」

「すまねえ、ここに来るのに手間取って」

兎月は桜の木を見上げた。

「お小夜ちゃんだろ？　降りてこいよ、もう蜘蛛も化け物もいねえ」

「……」

お小夜は少しずつ下に降りてきたが、最後の枝の上で立ち止まってしまった。

「どうした？」

「どうしたの、お小夜ちゃん」

リズも下から呼んだ。

「降りてきて、夢から醒めよう」

「降りて……」

お小夜が小さな声で言う。

「降りてどうなるの？　もうおっかさんもおとっつあんもいないのに……誰もあたしを待っていないのに」

「お小夜ちゃん」

「あたし、ここでいい。ここがいい。ここにいればおっかさんとおとっつあんが死んだことを知らずにすむもの」

「お小夜ちゃん」

兎月は泣き出すお小夜を見上げた。

「なあ、本当に待っているものはいないのか？　おまえをずっと待っててくれる家族がいるじゃねえか」

お小夜は顔を覆った手を少し下げた。

「今までご飯を食べさせてくれたり、髪を梳(と)かしてくれたりしていたのは誰だい？　桜の季節には新しいかわいい着物を着せて、夏には浴衣(ゆかた)、冬にはちゃんちゃんこを用意して、ずっと話しかけてくれていたのは誰だ？　おいしいお菓子を舌の上にのせてくれたのは誰なんだよ」

眠っている間でも気づいていた。優しく触れてくれる手を。かけてくれる言葉を。

（小夜ちゃん、お小夜ちゃん……）

ああ、あれは。

お小夜の乗っていた桜の枝は、今はもうずいぶん低い位置にある。一歩足を踏み出せば地面だ。

「お小夜、目を覚ましな……朝だよ」

お小夜のつま先が地面に触れた。

「……っきゃあっ！」

リズが叫んで飛び起きた。はあはあと全身で息をしている。

「リズ！」

ツクヨミうさぎがリズの胸に飛びついた。

「ツクヨミ！　サムライ！」

リズはツクヨミを抱きしめ、兎月に向かって叫んだ。兎月は頭を押さえて首を振りながらも、リズに視線を向けた。

「リズ……目が覚めたか」

そのとたん、襖が開いてパーシバルと栄泉堂の夫婦が部屋の中に飛び込んできた。

「リズ……！　ああっ、よかった！」

「叔父さま！」

「このまま君が目覚めなかったらワタシは姉に殺されているところデシタヨ！」

パーシバルは小さな姪の体を抱きしめ、キスの雨を降らせた。

「お小夜……！」

お秋は娘の枕元で呼んだ。お小夜はぱっちりと黒い目を開けていた。その視線は少しの間だけさまよって、そしてしっかりとお秋をとらえた。

「……」

お小夜は口を開けてなにか言おうとした。しかし五年間使っていなかった声帯は、うまく音にすることができなかった。

「お小夜！　よかった！」

　お秋はまだ寝たままの娘の体を掻き抱いた。

「……お……か、さん……」

　かすれた小さな声がお秋の耳に触れる。

「お小夜……！」

　お秋はお小夜の体の上で号泣した。


　兎月はリズとパーシバルを自宅へ送った。商会はもう店を開けており、玄関の掃除をしていた小僧がパーシバルの姿を見て、「旦那さまのお帰り！」と店の中に駆け込んでいった。

「旦那さま！　お嬢さま！」

「お帰りなさいませ！」

　使用人たちがわらわらと出てくる。みんなリズの元気な姿を見て喜んだ。金髪の小さな天使は数日の間に店のものにも愛されるようになっていたようだ。

「リズお嬢さま！」

　お蝶が使用人をかきわけ転がるように出てきた。

「本当によろしゅうございました！　無事にお目覚めに」

「ああ、お蝶さん！　聞いて、お小夜ちゃんも目が覚めたのよ」

リズはお蝶の手を取って小さく飛び跳ねた。

「えっ、あのお嬢さんが!?」

「そうなの！　リズと同じでずっと悪夢を見ていたの。でももう大丈夫！」

「ようございました」

お蝶は涙ぐみ、目元をたもとで押さえた。

「さあ、もうリズを部屋に入れてやってくれ。話はあとでゆっくりすればいい」

兎月はそう言ってリズを店に入れた。

使用人たちに囲まれ奥へ入っていくリズを見送り、兎月は神社へ戻ろうと背を向けた。

「兎月さん」

その背にお蝶が声をかけてきた。

「お小夜さんという方はどこにいたんですか？」

「ああ、栄泉堂という古美術商の親戚に引き取られていたんだ」

「そうなんですか。その子はリズお嬢さまと同じようにもうお元気なんですか？」

「ああ。ずっと眠っていたようなもんだからまだ口も利けねえし、自力で動けねえが、しばらく練習すればリズのように走り回れるようになるだろう」

「そうですか……本当にようございましたねえ」

　お蝶は長い息を吐いて晴れ上がった空を見上げた。


　リズは朝食をとったあと、もう一度ベッドに入った。あれだけ眠っていたのだから当分は眠くないと思っていたのだが、精神の疲れは取れていなかったらしい。眠気がまぶたを重くしていた。

　布団の上には宇佐伎神社の神使が残っていた。

「あら、あなた、置いて行かれちゃったの？」

　リズは皐月うさぎを抱き上げた。

「起きたら一緒にツクヨミのところにいこうね」

　そう言って布団に入る。もう悪夢を見ないのだと思うと安心して目を閉じることができた。

　それから少し時間がたって——リズは頬をパシパシと叩かれる感触で目を覚ました。

「うーん……なに？」

　うさぎの前脚だとわかった。起こそうとしている。

「……どうしたの？」

目を開けたとき、息が止まるかと思った。あの男が——幽霊が、朝の光を透けさせて自分を覗き込んでいるのだ。

「な、なんで……！　悪夢は終わったはずなのに!?」

幽霊は相変わらず口から血を流しているが、今は涙も流していた。泣きながら、しきりに身振りでドアを指さす。

「どうしたの？　なにが言いたいの？　ねえ、あなたは本当に蜘蛛の巣丁次なの？　なんでそんなに泣いているの？」

丁次の名を聞いて幽霊はますます激しく泣き出した。しかし声は聞こえない。ただ頭が冷たく痺れるようになってきた。

「やめて、泣かないで……やっぱりあなたは丁次じゃないの……？」

リズは頭を抱えた。そのとき、ふと頬に冷気を感じた。顔を上げるとドアが細く開いていた。

「誰？」

ドアから顔を出したのはお蝶だった。

「ああ、リズお嬢さま、お目覚めでしたか」

「お蝶さん……」

リズは壁を見た。幽霊の姿はもう消えている。

「お嬢さま、栄泉堂の女将さんがご相談があるとお見えです」

お蝶は部屋の中に入らずに早口で言った。

「えっ、お小夜ちゃんのママが？」

「お急ぎのようでお外でお待ちなんです。起きられますか？」

「もちろんよ！　お小夜ちゃんになにかあったのかしら」

リズは薄い寝間着の上にピンク色のガウンを羽織った。ベッドから降りる前に皐月うさぎの体を抱き上げる。

「一緒に来て」

「なんです？　お嬢さま」

うさぎの姿を見ることができないお蝶が不審げな声を出す。

「なんでもないわ」

リズはそう言って、ガウンのあわせにうさぎを埋めた。いつも懐にツクヨミうさぎをいれている兎月の真似だ。

お蝶はリズを部屋から連れ出すと、店の方ではなく、台所の方へ連れて行った。そこの木戸を通って裏庭へ出る。

裏庭にはパーシバルの趣味でハーブや西洋の花が植えられていた。今はパンジーが咲いている。

「お小夜ちゃんのママは――」

リズが裏庭をぐるりと見回したとき、頭に強い衝撃を受け、そのまま意識を失った。


「と、兎月！」

神社の石段でうたた寝をしていた兎月はゆさゆさとツクヨミに揺すられた。

「起きろ！　リズがさらわれた！」

「はあ？」

まだ半分寝ぼけた顔で兎月は小さな神の必死な顔を見た。

「残しておいた皐月から連絡があった。さらったのは、お蝶だ！」

「ど、どういうことだ！」


「どういうことなんだい……」

お蝶はゴロリ、とリズの体を空き寺の床に転がした。

気を失ったリズを麻袋に入れて猫車で廃寺まで運びこんだ。荒れ果てた本堂に、壁の隙間や破れた天井から朝の光が筋になって差し込んでいる。その光がリズの金色の髪を輝かせていた。

「なんだって今頃蜘蛛の巣丁次の名前がでてくるんだよ」

お蝶はリズの丸い頬をパチンと叩く。その刺激でリズは青い目を開けた。

「あ、あれ？　お蝶さん？」

リズは起き上がってあたりを見回した。

「わたし、……えっと、あら？　お小夜ちゃんのママは？」

リズは後頭部の痛みに頭を押さえた。

「いたっ……！」

リズのガウンの胸にいた皐月うさぎが飛び降りて、お蝶の前に立ちはだかる。もちろんお蝶には見えてはいない。リズはそのうさぎを両手ですくい上げた。

「なにがあったの？　ここはどこ？」

「なにがあった、はこっちが聞きたいよ。さあ、洗いざらい吐いてもらうよ」

「え？」

「もう幽霊だ夢だなんて噓話はいいんだよ。おまえはなにを知ってるんだ、蜘蛛の巣丁次を持ち出してあたしを脅（おど）す気かい」

リズはぽかんとお蝶の顔を見上げた。視線をうさぎに向けるが、うさぎも首をぶるぶる振るだけでわかっていないらしい。

「嘘話って……お蝶さんはわたしの話を信じてくれていたんじゃないの？」

「ガキの作り話を黙って聞いてやったんだ。今度はおまえが正直に話す番だよ」

「わたしは本当のことを言っていたわ！」

「うるさい！」

お蝶は苛立った顔で手を振り上げようとした。

「あっ！」

突然叫んだリズに、お蝶はぎくりと背後を振り向いた。リズの目が自分の肩の後ろを見ていたからだ。

「……なんだい、驚かそうったって」

「幽霊がいるわ」

リズはお蝶の背後にあの男の姿を見ていた。口から血を吐いている男の幽霊を。

「また、そんないい加減なことを！」

男の幽霊はお蝶にまとわりつこうとしている。だが、その腕はお蝶を通り過ぎ、どうしても触れられないようだった。幽霊は懸命に腕を振り上げたり、噛みつこうとしたりしている。

「……わかったわ、あなたはお蝶さんに憑いているのね」

だがお蝶にはわからない。それに彼女の心の方が強いのだ。だから幽霊は――。

「わたしの方に現れたのね」

「なにをぐだぐだと！」

お蝶はリズの寝間着の襟首を摑みあげた。

「全員始末して口を封じたはずなのに……おまえはなにを知っているんだ！」

リズはお蝶の背後にいる幽霊に視線を向け続けていた。幽霊はなにもできない自分に身をよじって苦しんでいる。そうしてようやくリズにはすべてのからくりがわかった。

「お蝶さんは……あの人を殺したのね、あの人は蜘蛛の巣丁次として殺された……だからあなたが、お蝶さんが、本物の蜘蛛の巣丁次なんだわ」

リズが静かに言った。そのとたん、お蝶の顔が醜く歪む。

「そうさ。その通り。あたしが黒蜘蛛一味の頭目、蜘蛛の巣丁次なのさ」

お蝶はリズを床に叩きつけた。痛みでリズの呼吸が一瞬止まる。神使のうさぎはせわしなくその周りを飛び跳ねるが、できることはなにもない。

「せっかくほとぼりがさめたと戻ってきたのに。おまえがおかしな話を始めるから思い出させちまったじゃないか」

「……戻ってきて、また強盗をやるつもりなの？」

リズは床に手をついて体を起こした。

「そうさ。だがその前におまえと小夜という小娘を片づける。蜘蛛の巣丁次が女だということを知られるとまずいからね」

「お小夜ちゃんを⁉」

かっとリズの頭に血がのぼった。黒蜘蛛に両親を殺され、それからずっと暗闇の中に囚われ続けてきた少女を殺すというのか。

「そんなこと、させない！」

お蝶はのけぞって笑った。

「させない、だって？　どうやってだよ」

リズは唇を噛んでお蝶を睨みつけた。お蝶の後ろには相変わらず役立たずの幽霊がいる。

（あなたも恨んでいるならもっと力を出しなさいよ！　そんな後ろでめそめそしているだけなんて、それでも幽霊なの⁉）

見当違いの怒りまで抱いてしまう。その気持ちが通じたのか、男の幽霊が再度お蝶に向かっていった。

「さあ、今さくりと殺してやるからね」

お蝶の手にぎらりと匕首が光る。それを振り上げようとした腕が途中で止まった。

「な、なんだい？」

お蝶は動かない右腕を左手で摑んだ。リズには視えていた。幽霊が必死の形相でお蝶の右腕にしがみついているのを。

（今だわ）

リズはぱっと立ち上がると駆け出した。

「お待ち！」

お蝶が叫ぶ。本堂の扉は開きっぱなしだ。リズはお堂から出ると階段を走り降りた。

「畜生！」

お蝶は追おうとしたがガクガクとした動きになり、床に倒れてしまう。

境内は一面桜の花びらで敷き詰められていた。訪れるものもいない寺の庭は、手入れのされていない桜が満開だった。ひらひらはらはらと日差しの中に花びらが舞い落ちる。

（桜！）

リズは取り囲む桜の木々を見上げた。

（お小夜ちゃんを隠した桜、わたしも隠して、捕まえさせないで！）

「お待ち！」

お蝶が階段の上に現れた。幽霊を引きずり、仁王立ちになっている。

「誰か――！」

リズが叫んだと同時にゴオッと風が唸り、茂る桜の花びらを、地面に落ちた桜の花びらを巻き上げる。周囲が一瞬で薄紅の雲で覆われた。

「な、なんだい、これっ！」

お蝶は手で目を覆い、リズを探した。

風が止み、花びらがひららと地面の上に落ちたとき、そこに兎月がリズを背にして立っていた。

「おまえ……っ」

「残念だぜ、お蝶さん。あんたは気さくでいい人だと思っていたのにな」

兎月の懐からうさぎが顔を出し、リズのそばに跳ねる。

「ツクヨミ！」

「遅くなってすまん！」

うさぎはリズの腕の中に飛び込んだ。もともと一緒にいたうさぎもツクヨミに鼻をくっつける。

「おぬしたちの会話はすべて神使を通じて聞いていた。お蝶が蜘蛛の巣丁次だったとは」

「嘘はわかるんじゃねえのか、ツクヨミ」

兎月はお蝶から目を離さずに言った。

「我にわかるのは嘘をつくときの罪悪感だ。お蝶にはまったくそれがなかった。息をするのも嘘をつくのも、お蝶には自然なことなのだ」

「さっきからなにをごちゃごちゃと――」

お蝶はうさぎがしゃべっているとは気づかなかったらしい。匕首を胸の前に構えて近寄ってきた。

「そこをおどき！　蜘蛛の巣丁次は刃物の扱いにも慣れているんだよ」

兎月が丸腰なのを見てお蝶は嵩にかかった口調で叫ぶ。

「蜘蛛の巣丁次……念のため正体を見せてもらうぜ」

兎月は右腕を伸ばした。手の中に光が集まり始める。お蝶はさすがにぎょっとしたようで一歩さがった。

「こい、是光！」

兎月の手の中に黒鞘の刀が現れる。鍔の意匠の鬼の目が日差しにギラリと輝いた。

「な、なんの手妻だい！」

　相手に得物があると知ったお蝶の判断は速かった。すぐに身を翻し、境内を横切る。崩れた塀から逃げるつもりだ。

「往生際が悪いぜ！」

　兎月は桜をまき散らしながら飛び上がった。鞘から抜く間も見せずに銀色の光がお蝶の背を走る。

「ぎゃあっ！」

　お蝶は背中に衝撃を受けて、桜の吹き溜まりに顔をつっこんだ。着物の背中がぱっくりと裂け、たもとが肘をすべり、肩がむきだしになる。

　そこには見事な刺青があった。蜘蛛の巣にかかった真っ赤な蝶、それを狙っている黒い蜘蛛。そして蜘蛛の巣の模様は左右の腕の肘近くにまで広がっていた。

　リズと兎月は確かに見た。

「わたしが夢で追われていたのは……」

「俺が夢で斬ったのは……」

　この腕だ――！

終

お蝶は蜘蛛の巣丁次として警察に引き渡された。押し込みの生き残りのお小夜が回復すれば証言することになるだろう。

だが五年前に処刑されたのが丁次ではなかったことを、警察が認めるかどうかは難しいところだ。

「サムライ、あそこ」

兎月と一緒に警察から出たリズが、通りに立つ柳を指さした。

「視える？」

「柳か？」

兎月には青々と葉を揺らす柳の木しか見えない。

「その下に幽霊さんがいるの。お蝶さんに殺されたかわいそうな人が」

兎月は目を細めたがそれは見えなかった。

「どうしてるんだ？」

ツクヨミが懐から顔を出し、代わって説明した。

「頭を下げてリズやおぬしに礼をしているな」

「そうか」

兎月はその方へ両手をあわせた。リズも同じように合掌する。蜘蛛の巣丁次の身代わりにされた男、おそらくは黒蜘蛛一味の中でも下っ端だったのだろう。腕の蜘蛛の刺青も、影武者にするために頭目のお蝶に指示されたのかもしれない。

ツクヨミは幽霊がようやく笑顔を見せてすうっと空に昇るのを見送った。

「……消えた」

うさぎはぷるぷると耳を震わせる。

「成仏したのかな」

「おそらくな」

リズは先に立って歩きだした。さらわれたときのままの格好なので、寝間着にガウンだけだが堂々と歩いていれば誰も気に留めない。

「あの人、わたしに危険を知らせたかったんだわ。でも口が利けないから脅すしかなかったのよ」

「下手なやり方だな」

うさぎは兎月の懐で揺れながらそう評した。

「お蝶はずっとあの幽霊をくっつけていたのにぜんぜん気づかなかったのか。鈍いんだな」

　兎月が言うとリズは振り向いて首を横に振った。

「気づかない人は気づかないのよ」

　気づいてしまう目を持つリズは、今まで何度も幽霊を視ていただろう。そのためにつらいこともあったに違いない。

「そんな力はない方がいいんじゃないのか？」

「でもお小夜ちゃんを助けられたわ。この力も役に立つのよ」

　リズはくるりと振り向いて「ねえ？」とツクヨミに笑いかける。ツクヨミは重々しくうなずいた。うさぎの身なので威厳はないが。

「巫は人と神を、人でないものをつなぐのが使命だ。使命は天命だ。その力は大切にせねばな」

「うん……」

　ひらひらとどこからか桜の花びらが漂ってくる。リズの金色の髪にも、うさぎの頭にも、兎月の肩にも、薄紅の花びらが優しく舞い降りた。

　すっかり桜が舞い落ちて葉ばかりになった頃、兎月とツクヨミは満月堂で嬉しいお客と遭遇した。お小夜と伯母のお秋だ。

二人は丁寧に兎月に頭を下げた。

五年間ほぼ寝たきりだったお小夜の体はまだ不自由で、お秋が支えてやっている。それでもお菓子の包みを持てるようになったのだと、お小夜は楽し気に教えてくれた。

満月堂の新作を買って、二人は店を出ていく。

道ぞいにずっと続く青々とした桜並木の下を、二人は仲良く、手をつないで歩いていった。

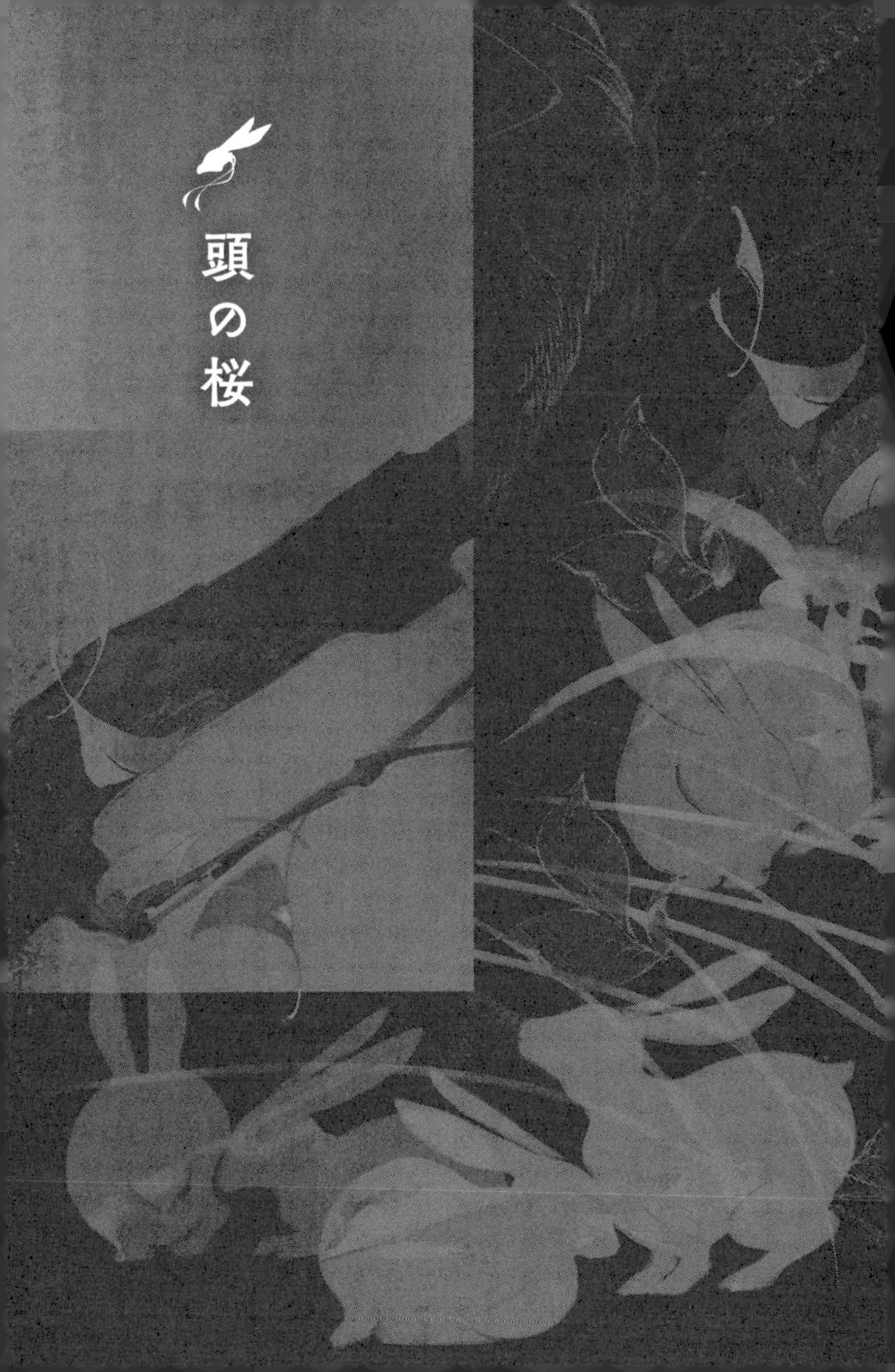

頭の桜

序

函館山の春は花盛りだ。

重い雪が溶けると同時に花を咲かせる黄色いナニワズ、紫のシラネアオイが咲き急ぐようにして彩りを添え、桃がほころび、エゾヤマザクラが山を染める。

エゾヤマザクラは咲いている期間がけっこう長い。花と同時に紅く柔らかな葉も伸びてくるのでいっそう赤い。

そんなにぎやかな山の石段をのぼって、兎月とツクヨミは神社に帰ってきた。

いつものように満月堂に菓子を買いに行っていたのだが、鳥居をくぐる前から境内に朗らかな笑い声が響いていることに気づいた。

鈴を転がすような明るい声はリズのものだ。

「あ、サムライ！　お帰りなさい！」

本殿の前でリズとパーシバル、それに大五郎組の辰治が立っていた。あまり見ない組み合わせだ。

「よう、ずいぶん楽しそうじゃないか」

兎月が言うと辰治が照れたように頭を下げる。

「あのね！　辰治さんが面白い話を聞かせてくれたの！」

リズが笑いの余韻が残る顔で言った。

兎月が冬にパーシバル邸で世話になっていた間、大五郎や辰治はときどき出入りしていた。そのため顔見知りではあるが、こんなに大笑いするほど親しかっただろうか。

「面白い話？」

「いや、くだらねえ話なんですよ」

辰治は申し訳なさそうな顔をする。

「いえいえ、辰治さんは話がお上手デス。とても面白かったデスヨ」

「ふうん」

兎月の懐からうさぎが興味深げに顔を出した。

「どんな話なんだ、俺にも聞かせろよ。こいつも聞きたいって言ってるぜ？」

「いや、そんなうまくもありませんよ」

辰治は困ったようにパーシバルを見たが、彼は大げさに首を振り、おどけた顔をしただけだ。

「わたしももう一回聞きたい」

リズも辰治の横で跳ねた。

「じゃあ話しますけど、くだらねえって怒らないでくださいよ」

「怒らねえよ。そうだ、お湯をわかすからちょっと待っててくれ」

兎月は買ってきた包みを開くと中から饅頭を取り出し、リズとパーシバル、それに辰治に渡した。自分は厨のかまどに火をいれ、そこに鉄瓶をかける。

「よし、聞くぞ」

「そんな気合いをいれられちゃあ、話しづらいですね」

「わがままなやつだな、とっとと話せ」

兎月が怖い顔をしてみせると辰治はぺこぺこと頭を下げた。

「ええっとですね……あるところに権兵衛(ごんべえ)ってケチんぼうな男がいましてね」

辰治が話し出すとリズがもうくすくす笑い出した。

「こいつがどのくらいケチかというと、草履(ぞうり)を片方しか履かないんですよ。底が減るのがもったいないって」

「そりゃすごいな」

「飯も毎日塩まんまで、そのうち塩ももったいねえって海の水をおかずにするくらい」

「腹を壊しそうだな」

兎月は顔をしかめた。

「で、その権兵衛さん、知り合いからさくらんぼをもらったんですよ。もちろんケチんぼうだから、さくらんぼの種を出さない、全部腹の中に納めてしまった」

「やっぱ腹を壊すぞ」

「もう、サムライは黙って聞いててよ！」

リズがいちいちつっこむ兎月の背中を叩いた。

「そうしたらそのうちさくらんぼの種から芽が出たのか、頭の上に桜の若芽が出てしまって」

「……」

兎月はリズをみた。リズは口元に手を当て笑いをこらえている。

「桜の木はどんどん育って大きくなった。やがて春になって桜は頭の上にみごとな満開の花を咲かせて」

ぷ、と兎月が唇から息を漏らす。うさぎが口をぽかんと開けて懐から辰治を見ている。

「その桜が見事だってんで、連日人が押し寄せて権兵衛の頭の上で花見を始める。毎晩どんちゃん、酒や弁当を持ってきて飲めや歌えの大騒ぎ……」

パーシバルが口元に手を当て、くっと吹き出すのをこらえる。兎月は話がどこへ向かうのかと興味深く聞いていた。

「そんなのが頭の上で毎日続くんで、さすがの権兵衛さんも我慢できなくなって、頭からえいやって桜を抜いてしまった」

　うさぎが兎月の懐の中でみぞおちを蹴った。なにか意見があるらしい。兎月は着物の上からうさぎを押さえつける。

「桜はなくなってしまったけれど、抜いた跡に大きな穴が空いてしまい、そこに折からの雨が降って水が溜まってしまった。そこが釣り堀にちょうどいいとまたみんなが権兵衛の頭に押し寄せて釣りを楽しみだしました。その池は権兵衛池と呼ばれてそれからもずっと親しまれましたとさ、おしまい」

　リズがぱちぱちと手をたたく。パーシバルもにこにこしている。

「おっかしな話だなあ！」

　兎月は笑った。

「なんだそれ、落とし話か」

「へえ、黄表紙（江戸時代の大人向けの絵本・漫画本）に載ってた話なんですよ。なんでもまだ都が京（きょう）にあった頃から伝わってるって」

「面白いな、お葉さんやおみつに聞かせたら喜びそうだ」

湯も沸いたので兎月は茶をいれた。満月堂のおいしいお菓子と温かい茶が全員を笑顔にする。

「ごちになりやした。あっしはこれで」

辰治が神社に来たのは大五郎に命じられて米を運んできたとのことで、茶を飲んだらすぐに戻って行った。

リズとパーシバルだけになったので、ツクヨミがうさぎから出て子供の姿を見せる。本殿から神使のうさぎたちもわらわらと出てきた。

「なんだ、今の話は！」

ツクヨミはどこか不機嫌そうだった。

「いったいなにがおかしいのだ」

「ええ？　面白い話だったじゃねえか」

兎月は指についた餡を舌先で舐めとりながら答えた。

「どこがだ。だいたいありえない話ではないか！」

「あのね、ツクヨミ……」

リズがツクヨミに話しかけたが、それを無視してツクヨミがかぶせる。

「さくらんぼの種を飲んだら頭から桜が生えてきただと!?　嘘もたいがいにしろ」

「ツクヨミサマ」

パーシバルもツクヨミをなだめようとしたが遮られた。

「しかもその頭の上で花が咲いて人が花見？　おかしいではないか、どうやって頭の上で花見をするのだ！」

「いや、だからツクヨミ」

兎月はなぜツクヨミがこんなに不機嫌なのか理解できない。

「最後は桜を抜いて、できた穴に水が溜まって釣り堀？　死ぬだろうが、普通は！」

髪を逆立てる勢いで怒るツクヨミに、リズとパーシバルと兎月は顔を見合わせた。

「ツクヨミ、もしかしてと思うが……おまえは冗談が通じないのか？」

「冗談だと？」

ツクヨミがじろりと兎月を睨む。

「落とし話デスヨ、滑稽噺。ありえないことをあったように話すんデス。アメリカにもああいう短いユーモア話はありマスが、今みたいなテイストの話はあまりないデスネ」

パーシバルが丁寧に説明する。

「おまえの国の冗談ってどんなんだ？」

兎月が聞くとパーシバルは「えっ、急に言われても……」と空を見上げ、

「そうデスね、……女中さんがスープを運んでくれたんですけど、指がスープの中に入っていたんデスよ」

「うん」

「それで指が入ってますよと言ったら女中さんが、『大丈夫です、熱くありません』と答えマシタ。ＨＡＨＡＨＡ！」

リズは軽く笑ったが、兎月は微妙な顔をし、ツクヨミは眉をひそめた。

「ああ、やっぱり」

パーシバルがぼやく。

「メリケン式冗談（アメリカン・ジョーク）を言うと、日本の人みんなそういう顔しマスよ」

「その女中は無礼だ」

「冗談なんデスよ、ツクヨミサマ」

「こういうのは頭が柔らかくないとな。こいつ、真面目で頑固だから」

「真面目でなにが悪いというのだ！」

また膨れるツクヨミにリズが指を立てて「ノーノー」と振った。

「ツクヨミ、ユーモアを解さないと人生を半分損するわよ」

「ゆうもあなど知らぬ。異国の言葉を使うな！」

ツクヨミはぷりぷりと怒った顔で本殿の中に戻ってしまった。

「あ、おい、ツクヨミ」

追いかけようとした兎月の前に神使のうさぎたちが立ちふさがった。

『カミサマ　スネタ』

『ハナシガワカラナカッタノ　クヤシイ』

『オハナシ　フダンキカナイカラ』

うさぎたちが弁護するように交互に言う。

「まあ神社で滑稽噺をするやつもいないからな」

「こんなことですねるなんてほんっと子供ね」

リズは手近にいたうさぎを抱き上げて本殿に向かった。

「ツクヨミー、遊びましょー」

リズがご機嫌をとり始めたが、本殿の扉は閉まったままだ。

「それで、今日はどうしたんだ？」

子供の相手はリズに任せて兎月はパーシバルに聞いた。

「はい、実はもうじき満月堂の記念日らしいんデス」

「記念日？」

「お店がオープンして十年目トカ」

兎月はちょっと驚いた。

「え？　やっと十年なのか？　昔からある店じゃなかったのか」

「あのお店はお葉サンのご主人が始められたそうデスよ。ご主人は会津の出で、戊辰戦争で追われて北上し、函館でお店を開いたそうなんデス」

「会津……」

兎月は会津には行っていないが、最後まで新政府軍と戦った藩であることは知っている。新撰組も確か途中で寄っているはずだ。強い侍の国、という印象があった。

「お葉サンとは函館で会ったらしいんデスが」

「おまえ、よく知ってるな」

パーシバルが次々と新事実を突き付けるので兎月は目を白黒させる。

「お葉サンとはそんな話は？」

「しねえな」

そもそも女性にあれこれ聞くということが性分としてできない。満月堂に行けば新商品の味見をさせてくれる。それについて話すくらいだ。

もしかしたらお葉は面白い話のひとつもできない自分に呆れているかもしれない……。

「そんなわけでお葉サンに記念の贈り物をしようとリズが言い出しまして」

「贈り物？」

「アメリカならお店にお花を贈ったりするんデスが、こちらではそういう風習はないようデスし」

パーシバルは困ったふうに頭を振った。

「それで個人的になにか小さなものでもと思っていマス」

「いいんじゃねえか」

「それで、その買い物をリズと一緒にしていただけないカト」

「ああ、そういうことか。別にかまわないぜ」

リズがうさぎを抱えて兎月のところに戻ってきた。

「ツクヨミってばぜんぜん出てきてくれない」

リズも頬を膨らませ、抱えたうさぎの頭をぷうと吹いた。うさぎがじたばたと脚を跳ねさせる。

「まあしばらくほっとけ……ああ、そうだ。ツクヨミも誘ってみるか。それなら出てくるだろう」

「え？　なに？」

ぱっとリズの顔が明るくなる。兎月はリズに向かって指を立てた。

「お葉さんに贈り物だ」

一

午前中、ツクヨミを飽きるまですねさせ、午後になってから兎月は本殿に声をかけた。

「お葉さんに贈り物をしたいんだ。買い物につきあってくれねえか」

「リズがいるだろう」

そっけない声が放り出される。

「女のものを選びに小間物屋（こまもの）へ行くんだぜ。男のおまえがいてくれると心強いんだがな」

しばらく待つと本殿の扉が細く開いた。

「おぬしは我がおらぬとなにもできないのか」

この野郎、と一瞬拳を握りかけたが、兎月はひくついた頬に無理矢理笑みを浮かべ、

「ありがとうよ」と面倒臭い神様に礼を言った。

「あ、ツクヨミ！　来たのね」

町の大通りで待っていたリズは、兎月の懐から顔を出しているうさぎを見て、喜んだ。

「ずっと本殿にこもっちゃうのかと心配したわ。ツクヨミがいないとつまらないわ」

「おぬしもか。まったく人間は手間がかかる」

自分のことはさておくうさぎに、兎月とリズは顔を見合わせて肩をすくめた。まあ機嫌が直ったらしいのでよしとする。

「実はお葉さんに贈るものはもう決まっているの」

リズは兎月とツクヨミを小間物屋に連れて行った。

「おみつちゃんから聞いていたのよ。お葉さん、最近手鏡が割れてしまって困っているんですって。だから手鏡を選んでほしいの」

「手鏡ぃ？」

兎月とツクヨミは同時に言って身をすくめた。

去年のクリスマスパーティのときに異国から来た手鏡にさんざんな目に遭わされたことを思い出したのだ。

「なぁにぃ？　二人とも」

その事件を知らないリズが首をかしげる。

「いや、なんでもねえ」

話せば詳しく聞きたがるに違いない。マリーに押さえつけられたことなど忘れたい兎月は曖昧に笑ってごまかした。

「贈り物が決まっているなら我は必要なかったのではないか」

ツクヨミがぷうっと頰を膨らませる。

「そう言うな、俺だって今聞いたんだから」

兎月は懐に手をいれ、うさぎの弛んだ顎の下をかいてやった。

「このお店、覗いてみましょう」

リズはうきうきした様子で紺色ののれんがさがる小間物屋に入る。兎月も入ってみたが、なにせ小間物屋など今までまったく縁がない。

膝くらいの高さの台の上に、ずらりと簪や櫛が並び、壁のあちこちに彩り豊かな布袋が下がって若い女性たちがきゃっきゃと商品を選んでいる。

落ち着かなくてやたらと懐のうさぎを撫でまわした。

「サムライ、兎月、こっちにきて」

リズに呼ばれてしぶしぶそばに寄った。リズは裏に百合の絵が描かれた鏡と、鶴が描かれた鏡を持ってどっちがいいかと聞いてくる。

「どっちでも……」

「だめよ、ちゃんと選んで！」

「お葉さんはどんなのでも喜んで……」

　一枚の手鏡が兎月の注意を引いた。それは赤い漆に白い梅の花が描かれたものだった。

「……一輪咲いても梅はうめ、か」

　ふっくらした梅の花が零れそうだ。兎月は指先でその花に触れた。

「あら、サムライ。それいいじゃない」

　リズが目ざとく見つけ、とりあげる。

「上品で大人っぽくて素敵よ。これにしましょう」

「え、いや、もっとよく考えた方が……」

　土方の俳句を思い出したから、とは言えない。

「いいじゃない、これに決めたわ」

　リズは肩に下げていたバッグから財布を取り出した。兎月はその手をあわてて押さえる。

「待て」

「なに？　だめなの？」

「そうじゃない。金は俺が出す」

「あら、賽銭箱から取ってきたの？」

「賽銭箱の金の一部は俺の正当な手間賃だ」

「わたし叔父さまから預かってきているのよ」

「いいからここは俺に出させろ。俺が選んだんだから」

リズはちょっと唇をとがらせて兎月を見上げた。

「……お葉さんには着物をもらったり、饅頭をおまけしてくれたり世話になっているんだ。俺が買いたい」

それを聞くと、リズは少女らしからぬにんまりした笑みを作った。

「俺があげたい、でしょ」

「う」

「しょうがないわねえ、じゃあサムライの顔を立ててあげるわ」

「うう」

リズと兎月が鏡を選んでいる間、ツクヨミうさぎは兎月の懐から抜け出し、のそのそと店先まで出てきていた。

春の乾いた風の中を、町の人々が忙しそうに行き来している。うさぎになっているツクヨミの目線からは、足の群があっちに行ったりこっちに来たりしているばかりだったが、ふと、ある足が気になった。

それは赤い鼻緒の下駄を履いている足だ。妙によろよろとしている。

(酔っぱらいか?)と顔を上げて驚いた。

足の持ち主は若い娘だった。年の頃は十七、八の娘盛り、身なりがいいので大店のお嬢さんかもしれない。長いたもとは花模様、黒繻子の帯をたらりと下げてかわいらしく装っている。

だが、見るべきはその頭だった。

なんと、そのきれいに結った島田髷の上に、大きな桜が生えているのだ。

(ええ――?)

さすがのツクヨミも仰天した。

神々の中には木花咲耶姫と言って春や花の守護をする神もいる。彼女の周りでは常に花が舞っていると言われているが、その咲耶姫もかくやといわんばかりだ。

(さっき辰治が頭の上に桜が咲いた男の話をしていた。あれは滑稽噺だと言っていたが、いや、実際にある話だったのだなあ)

娘は青い顔をしてふらふらよろよろと歩いていく。横におつきの女中がついていて手をとっていたが、今にも倒れそうだった。

(まあ仕方があるまい、あんな重そうな桜を生やしているのだからな)

　ツクヨミは感心しながら店に戻った。

「あ、おまえ、どこへ行ってたんだ。一人でふらふらすると危ないぞ。北海道の人間はおまえを見るとみんな鍋の材料だと思うんだからな」

　兎月がツクヨミの耳を摑みあげる。

「痛い！　耳を持つのをやめろ」

　ツクヨミは小声で抗議した。

「ツクヨミ、心配したのよ」

　懐につっこまれ、不機嫌そうに顔を出したツクヨミの頭をリズが撫でる。

「買い物はすんだのか？」

「ええ、いいものが見つかったわ」

　リズは意味ありげに兎月を見上げた。兎月はそっぽを向く。

「我も面白いものを見た。そこの通りで頭に桜を生やした娘を見たのだ」

「はあ？　おまえ、なにを言っているんだ」

「だから頭に桜を生やした娘だ。朝、辰治が言っていただろう？　頭に桜が生えてみんなが花見をするという。本当に桜が生えるのだなあ、人の世は面白い」

「あれは滑稽噺だ、作り話だよ。本当にあるはずねえ」

兎月は呆れてツクヨミの耳を指で弾いた。

「いや、本当にいたのだ！　若い娘が頭に桜を……」

「それ、本当ならおかしいわよ。事件じゃないの？」

リズの言葉に兎月とツクヨミは顔を見合わせた。三人は急いで店を出る。

「その娘、どっちに行った？」

「向こうだ」

ツクヨミが顔を突きだして通りを示す。

「行ってみよう」


にぎやかな大店が並ぶ通りには人が大勢いたが、巨大な桜は遠くからでも目立った。

すぐにリズが「あっ！」と声を上げた。

「ほんとに桜が頭の上に咲いてる……」

「そうだろう？」

なぜかツクヨミが自慢げにいう。

「え？　どこだ？　俺には見えないぞ」

兎月はリズが指さす方向を見たが、なにも見えない。ただ、娘と年配の女性が二人で歩いているのが見えるだけだ。

「サムライに見えないってことはこの世のものじゃないんだわ」

「そういえば先ほども町の人間たちは誰も注目していなかった」

ツクヨミは懐の中で顔を上げた。

「兎月、我の体に触れよ。見せてやる」

「ああ」

兎月は懐に手を入れてうさぎの体を手のひらで覆った。そのとたん、目の前を歩く娘の頭の上に巨大な桜の木が見えた。

「うを！」

あまりの驚きにのけぞりそうになる。

「でっけえ！」

「だろう？」

兎月の声に女中がこちらを振り向く、娘の方も振り向こうとしたらしいが、頭が重かったらしく少し横顔が見えただけだ。

やがて二人の女は一軒の店に入っていった。店のものが「お帰りなさい、お嬢さん」と声をかけていたので、この店の娘だとわかる。

「丸山屋(まるやま)……」

兎月は店の看板を読んだ。茶を扱う店のようだった。のれんの奥を覗いてみると、広い店先には客が数人いて、奥の方には茶葉を入れた筒や木箱が置かれている。

「あれ、とってやらないとやばいんじゃないのか?」

「あの娘の頭も桜を抜いたら釣りができる池になるのか」

「ツクヨミ、冗談言っている場合じゃねえぞ」

うさぎは耳を一本ぱたりと折り、不機嫌そうに見上げた。

「神は冗談など言わぬ」

二

兎月は店に入ると宇佐伎神社のものだと名乗り、最近娘さんに妙なことが起こっていないかと聞いた。それを店のものに伝えられた主人が青い顔で出てきた。

「宇佐伎神社の兎月さまのお名前は聞いております」

兎月たちは座敷に通され、店自慢の香りのいいお茶でもてなされた。丸山屋の店の主人は斉吉(さいきち)と名乗った。

「遊郭の火付けを未然に防いだり、大五郎組を改心させたり、近頃なにかと話題でございますね」

「いや、その」

どれもこれも怪ノモノ斬りのついでに派生したことで、そう言われると照れ臭い。

『さま』付けも言われ慣れておらず、兎月は背中がむず痒くなる思いだった。

「パーシバル商会の頭取さまともご昵懇（じっこん）とか」

斉吉の目は兎月の隣ですましているリズに向いた。

「ついこの間も栄泉堂さんの寝たきりの娘さんの病を治されたとか」

「ええ、そうよ。兎月さまはすごいのよ」

自慢げに言うリズを兎月は睨んだ。

「その兎月さまがうちの娘の窮状に気づいてくださるとは、ありがたいことです」

斉吉は頭を下げた。

「いや、その、かなり変わったものを――いや、困った状況になってるんじゃないかと」

いきなり頭に桜の木がと言うより相手の話を聞こうと兎月は様子を窺った。

「はい、この春から娘の体調が思わしくなく、ずっと頭が重い、体がだるいと言っておりまして……医者に見せても容態はおかしくない、わからないと言うばかりで」

「そうだろうな」

体の不調は頭の木が原因で、それが人の目に見えないのなら医者にできることはない。

「お父様」

障子の向こうで細い声がした。

「娘のさくらです。どうか診てやってください」

障子が開いて娘が入ってきた。頭の木は入り口も素通りして天井も突き抜けているからやはりこの世のものではない。

「うわあ」

兎月は思わず唸った。リズも懐にいるツクヨミもその花を見上げる。

満開だ。満開の桜だ。舞う花びらは畳の上に落ちる前に消えてしまう。

「あ、あの……」

そろって娘の頭上を見上げる二人と一羽に父親はおろおろし、娘は絶望的な顔になった。

「あの、もしや娘の頭の上になにか見えるんですか……」

斉吉がおそるおそる聞いてきた。

「ああ、見えるぜ。立派な桜の木が」

「桜の木？」

「花見でもしたくなるくらい見事に咲いている」

兎月が言うと、リズの丸い頬がぷくっとふくれる。噴き出したいのをこらえたのか。

「や、やっぱり」

斉吉ががくりと両手をついた。さくらも青ざめて口元を覆う。

「やっぱりということは心当たりがあるのかい？」

「は、はい。実はこれには歳の離れた弟がおりまして、その子が姉の頭を見て、どうしてお姉ちゃんの頭には桜が生えているのかと」

我慢しているリズの肩の震えが激しくなる。兎月はそんなリズにうっかりつられそうになって口元を手で隠した。他人には笑い話でも当事者とその父親には笑い事ではない。

「そんなでかい桜が頭に乗っていれば、頭が痛く重くなっても仕方がねえ。歩くのだってつらいだろう」

兎月が言うと娘は目に涙をためてうなずいた。

「最近は起き上がるのもたいへんで……」

「どうすればよろしいのでしょう、兎月さま」

「そうだな……」

店に入る前に兎月はツクヨミと話していた。あの桜は怪ノモノなのかと。

しかしツクヨミは邪気は感じないと断言した。悪さをしないものではあるが、娘の体に異常がでているならとった方がいい。しかしどうやって？

「まずは原因だ」とツクヨミは言った。

「必ず原因がある。それがわかれば解決策も見つかるかもしれん」

兎月は大きく息を吸って腹の中から笑いの虫を追い出した。真面目な顔を作り、父親に向かう。

「娘さんの頭には周りの人間には見えない桜の木が生えている。それになにか心当たりはあるか？」

「は、はあ……」

「そういえば娘さんの名前もさくらだな」

「はい……」

父親は言葉が重い。なにか知っていることがあるのにためらっている風だった。

「お父様、やはりこれは桜の木の祟りなのではないですか？」

娘が怯えた顔で言う。

「あの桜の木を伐ったから……」

そこまで言って娘は「ああっ」と呻いて頭を押さえた。

「頭が……頭がしめつけられるように痛い……っ」

兎月は見えない桜の木を見上げた。桜は身を震わせ花びらを舞い散らせている。

「桜の木の祟りってのはなんだ？　あんたどこの桜を伐ったんだ」

兎月が声を厳しくして言うと、斉吉は膝の上で拳を握り、首を落とした。

「は、はい、すっかり申し上げます。伐ったのは、うちの庭に立っていた桜の木です」

「家の桜？」

「はい、私の祖父の、そのまた祖父の代からこの家にあった桜です。でも娘が婿をとるために家を改築しようと思いまして。それで庭の桜の木を伐って……」

娘がまた身悶える。まるで桜がおのが不幸を悲しんでいるようだ。

「代々受け継いだ桜の木を伐った？　そりゃあ桜が怒っても……」

「兎月」

懐の中でうさぎが小さく囁いた。

「それは違う」

「え？」

「見せてやる」

ツクヨミがそう言ったとたん、兎月の目の前が薄紅の花で覆われた。桜だ。数え切れない桜の花びらが視界いっぱいに広がった。

「これは――」

三

桜の花の向こうに若い父親がいた。彼は初節句(はつぜっく)の振り袖を着た赤ん坊を抱いている。

「あれは……」

いつのまにかツクヨミが少年の姿で立っていた。

「斉吉とさくらだな」

斉吉は腕の中のさくらになにか言っている。

「ほら、見事だろう、さくら。我が家をずっと見守ってくれている桜の木だよ」

父親の声がわかっているのか赤ん坊はきゃっきゃと笑いながら桜の木に手を伸ばす。

「大事にしなさいよ。おまえの守り神だよ。おまえの名前はこの木からもらったんだ」

斉吉は桜の木に目を向けた。背景に家が見えているので庭なのだろう。

「桜よ、おまえもこの子を守ってやっておくれ。健やかに美しくいい子に育つように」

花びらが何枚も娘に降り注ぐ。娘はくすぐったそうに笑った。それは幸せな光景だった。

「昔の光景か」

「そうだ。どう思う？」

「どうって……幸せそうだと」

それ以外の言葉が思いつかない。

「ああ、幸せだ。それはこの光景を見ていた桜が幸せだったからだ」

「桜が――」

「ほら」

ツクヨミが指さす方に少し大きくなったさくらがいた。桜の幹に掴まり立ちして、それを見た父親が大げさにほめている。

「あそこにも」

また大きくなった娘が、今度は桜の花びらを追って走っている。母親と木の下でままごとをしたり、お手玉をしたり、ときには泣いて木にしがみついたりもしていた。

向こうにも、ここにも、さくらと桜の木の幸せな光景があった。

「桜の木は斉吉に言われた通り、ずっと娘を見守ってきたんだ」

最後の景色は斧を持ってやってくる植木職人の姿だ。あたりの景色は見えるが娘のさくらも斉吉も見えない。

どこに……？　どこにいるんだろう……。あの小さな娘、愛らしい子……。ずっと私と一緒にいたのに、今年もきれいに咲いたのに……。どうして見にきてくれないのだ。

これは桜の心だ、と兎月にはわかった。慈しみ見守ってきた娘が今年の春はちっともよりつかない。

娘が祝言を挙げるのだということは知っていた。そうしたらその日のためにより美しい花を咲かせてやろう、いつか娘に子供が生まれたら、またその子の上に花を散らしてやろう。

ずっとずっと一緒に――見守っていきたかったのに――。

兎月の心の中に悲しみが押し寄せた。それは自分が伐られる悲しみではない。

「そうか……桜、おまえ……」

職人が斧を振り上げる。そのあとは真っ暗になった……。

「サムライ！　大丈夫？」

リズに声をかけられ兎月は我に返った。もう庭にはいない。さっきの畳の上だ。

「ああ、すまねえ……ちょっと意識が飛んでいた」

兎月は懐に手をいれた。ツクヨミはうさぎの姿でちゃんと中にいる。

「ひとつ聞くが……」

兎月は斉吉に視線を向けた。

「お嬢さんの名前は桜の木にあやかって付けたんじゃないのか？」

「え……」

斉吉は突然言われた言葉に目をパチパチさせた。

「え、ええ、確かそうでした」

「名をもらった桜の木を大事にしろと、言わなかったか？」

「……」

「桜の木にも、娘を見守ってほしいと願わなかったか？」

斉吉の口が開いていく。遠い昔を手探りで辿っているようだ。

「それはその……覚えていませんが……たぶん……きっと」

「桜の木はその言葉を守っているんだ」

やるせない気持ちで兎月はその言葉を告げた。

「え？」

「祟っているんじゃねえ。自分が伐られると娘を見守れなくなる……その思いが娘にとり憑いたんだ。桜はあんたの娘が心配で、ずっと守りたいんだよ」

「そ、そんな」

斉吉は体の力が抜けたのか、畳の上に両手をついた。娘のさくらは思わず、といった様子で手を頭の上に伸ばす。

「庭の桜が……それほど娘を大切に思っていてくれたなんて」

「あんたと同じだよ。娘を慈しむあんたの姿をいつも見ていたんだ。桜はあんたの気持ちに同調して、父親のような感情を持ってしまったんだろう」

「ああっ」

斉吉はつっぷして号泣した。

「すまなかった！　すまないことをした……！　家を広げるために先祖代々受け継いできた桜を伐ってしまうなんて……、娘の名づけ親を殺したも同然だ」

「桜の木の気持ちをわかってやってくれたか？」

「はい……はい……」

兎月は娘の頭の上の桜を見上げた。今は静かに花びらを散らしている。

「娘のためを思ってのことだとしても、それが娘を苦しめているなら本末転倒だ。おまえには気の毒だが、消えてもらうしかない」

兎月は懐のツクヨミをつついた。

「これは怪ノモノじゃねえが是光で斬れるか？」

「凝り固まった念だ。おそらくいけるだろう」

「よし」

兎月は立ち上がり右手を伸ばした。部屋の中で光が収縮するように兎月の右手に集まり出す。

「是光、来てくれ」

黒鞘の刀が兎月の右手に現れた。斉吉もさくらも仰天したが、逃げずにかえって両手をあわせて拝みだす。

「主人と娘はおまえのことを忘れはしない。ずっと感謝していくよ」

兎月は娘の頭上にある桜にそう語りかけ、上段に振った刀を優しく、絹を切るように、撫で下ろした。

その瞬間、桜は満開の花を部屋中にまき散らした。

斉吉もさくらも見た。今までずっと庭で美しい花を咲かせていた桜の木を。さくらはもちろん、斉吉も子供のときに花を見上げたことを思い出した。

「ああ――」

斉吉は手を差し伸べた。

「すまん、すまない……ありがとう……」

伸ばした手のひらに花びらが乗る。だがそれは淡雪のように消えてしまう。

「花びらで首飾りをつくったわ……」

さくらも両手の中の消えゆく花びらに呟いた。

「おままごとはいつも桜の下だったわ。春も夏も秋も冬も……」

ぎゅっと指を握りしめる。桜の花びらは優しくその指に触れていった。

「ごめんなさい、わたし、今年はあなたのこと忘れてて……」

やがて桜の花びらはすべて消えてしまった。父と娘は畳の上につっぷし、もう一人の家族でもあった桜を思い、泣いた。

「……おい」

兎月がそんな二人の前に膝をついた。

「桜の忘れ形見だ」

兎月が差し出した手の上に小さな桜の実生(みしょう)があった。桜が消えると同時に兎月の手の中に落ちてきたものだ。

「これは……」

「種から芽を出したばかりの桜だ」

「あの桜の……？」

娘はそっと手を差し出し、震えている細い芽に触れようとした。

「こんな小さなものだったなんて」

「ああ。こんな小さな芽から、何年もかけて大きくなり、そして人よりも長く生きる」

兎月はさくらの手の中に実生を落とす。

「これからあんたが続ける長い歴史を見守ってくれるだろうぜ」

「――はい、……はい……っ」

さくらは実生を両手で包み、涙を溢れさせた。

四

丸山屋から出た後、兎月はリズと満月堂へと向かった。もともと鏡を買ったらすぐにお葉のもとへ向かう予定だったので、思わぬ道草を食ったというところだ。

「桜の木の思いが報われてよかったわ」

　桜の木とさくらが紡ぐこれからの絆を思ってくれてほろりと涙したリズは、赤い目元で笑った。

「お庭の木があんなに家の人のことを思ってくれているなんて……わたしもヨコハマに戻ったら花壇の花たちに優しくしなくっちゃ」

「おぬし、帰るのか？」

　ツクヨミが兎月の肩によじのぼり、リズを見下ろす。

「ええ、帰るわよ。なに？　寂しいの、ツクヨミ」

　リズはスカートを摘まみ上げて、たたた、と小走りで先に向かった。

「誰が寂しいだ。うるさいのがいなくなってせいせいする」

「いじっぱりねえ。神様は嘘をつかないんじゃないの？」

「う、うそではないぞ」

「あらそう？」

　リズは手を後ろに回し、くるりと振り向いた。

「わたしは寂しいけどなあ」

「……」

　ツクヨミは黙り込む。どう答えればいいのかわからないのだろう。

「でも今すぐってわけじゃないから安心して」

すぐにリズがからかうように言ったので、うさぎはがぜん元気を取り戻し、兎月の肩の上で後ろ脚で跳ねた。

「べ、別に寂しくなんかないんだからな」

「はいはい……。あ、もう満月堂よ！」

のれんをくぐるとお葉とおみつが笑顔を向けてきた。

「いらっしゃい！」

「こんにちはー！」

おみつの元気のいい声にリズも声を張る。

「いらっしゃいませ」

「こんちは。……朝も来たのにすまないな」

照れくさげな兎月にお葉がおかしそうに笑った。

「いいえ、何度だって来てくださいな」

「朝の饅頭はみんなにわけちまったから……ええっと、きなこ餅を四個くれ」

「はい」

おみつとリズは店の隅でなにかこそこそと内緒話をしている。きっと贈り物のことを伝えているのだろう。

　お葉がきなこ餅を包んで兎月に渡すと、リズがさっと前に立った。

「お葉さん、お店を開いて十周年だと聞きました。おめでとうございます」

「あらまあ、ありがとうございます。パーシバルさまからお聞きになったの？」

「はい。それで、わたしとサムライ……兎月さんから記念の贈り物があるんです」

「まあ」

　お葉は驚いた顔で兎月を見た。

「いやまあ、その、いつも世話になっているから」

「兎月さんが選んで買ったのよ」

　リズはそこを強調してお葉に紙箱を渡した。お葉はそれを両手で受け取ると、「なにかしら……」とそっと開いた。

「ま、」

　現れた赤い鏡にお葉が息を呑む。蓋にも裏にも白い梅が描かれた美しい鏡だ。

「わあ、すてき」

　見ていたおみつが手を叩いた。

「お葉さんが鏡を割っちゃったっておみつちゃんから聞いたの。鏡は女性には必需品よ、とくに美人には」

　リズがませた口を利く。お葉は鏡の蓋をとって自分の顔を映してみた。

「……ありがとうございます、兎月さん」

「いや、あの」

　人に、特に女性に贈り物などするのがこんなに恥ずかしいことだとは思ってもいなかった。身の置きどころがなく、兎月はすぐにでも神社に走って帰りたいくらいだった。

「割れた鏡は……一緒になる前に主人がくれたものだったんです」

　お葉は新しい鏡の表面をそっと撫でた。

「主人は会津で名のある菓子匠でした。でも戦で店も人も失くしてこの地に流れてきたんです。そして一人で小さな店を始めました」

　天井を見上げ、記憶を辿る目でお葉は話し始めた。

「私はまだ小娘で、でも菓子が好きで毎日のように通いました。それで私はあんな菓子がいい、こんな菓子がいいと注文をつけるようになって」

　ふふっとお葉が肩をすくめて笑う。

「三年ほどして主人がそんなに菓子が好きなら作ってみればいいとお店にいれてくれました。初めて餡を触って教えてもらって作ったのが椿の花の練り切りで……」

「椿の花？　確か割れた鏡に描いてあったのも椿ですよね」

おみつが言うとお葉はうなずいた。

「それを覚えていてくれた主人がわざわざ椿の花の手鏡を探して買ってきてくれたの。一緒に菓子を作っていこうって」

「わあ、素敵……」

リズもおみつもぽうっとした顔で話を聞いていた。

だが、結婚生活は長くは続かなかったはずだ。一緒になってすぐにお葉の夫は病に倒れてしまったのだから。

そのへんの話は兎月も大五郎やパーシバルから聞いていた。だが、亡くなった夫のことを語るお葉の顔は幸せそうで、夫婦の思いは時間の長さなどではないのだと教えてくれる。

「あの、お葉さん」

兎月はどこかいたたまれない思いになった。足下をせかされている気がする。

「鏡、返してくれ」

「え？」

「それは店に戻して椿の花の鏡を買ってくる。すぐにだ」

「兎月さん……」

「椿の花の鏡はあんたにとって旦那も同じなんだろ？　こんなんじゃだめだ」

「兎月さん」

お葉は優しい微笑みを浮かべた。

「鏡は鏡です。新しくなっても私が主人を忘れるということはありませんよ。それにこの鏡、とてもきれいじゃないですか。梅の花、私も大好きなんです」

そう言って笑ったお葉の顔こそが梅の花よりも美しかった。

終

「今日はいろんなことがあったんデスネ」

パーシバルは戻った三人にお茶をいれてくれた。丸山屋がお礼にと持たせてくれた高級茶だ。

「いい香りデス」

透き通った翠色（みどり）のお茶をティーカップにいれ、パーシバルはすうっと大きく息を吸った。

「お葉サンもプレゼントを喜んでくれたようでなによりデス」

「お葉さん、亡くなったご主人のこと、愛しているのね。わたし、なにか感動しちゃった」

リズは両手でカップを抱え、緑茶を飲んだ。リズは普段緑茶にも砂糖をいれるが、今日はそのまま飲んでいる。

「ご主人の遺志をついで、函館にご主人の味を残していくんでしょうネ」

「あの人は強い人だよ」

「そうデスね。強くて美しい」

兎月とパーシバルは器の中の翠に凜としたお葉の姿を見て一緒にうなずいた。

「でも、その前のお茶問屋さんの桜も感動的だったわ！　ツクヨミが見つけてくれてよかった」

リズがツクヨミに向かって言う。

「しかし我は初めて見たときは、本当にあの笑い話のようなことがあるのかと驚いた」

ツクヨミは今はうさぎから離れて子供の姿で椅子に座り、茶と和菓子を食べている。

「おまえは少し滑稽本とか読んだ方がいいな」

兎月が呆れた声を出す。

「そういうものは供えられないからわからないのだ」

ツクヨミは不満そうに言った。

「今度買ってきてやる」

「そうそう、そういえばワタシも面白いお話つきの商品を買ったんデスよ」

パーシバルはそう言うと、いそいそと木の箱をテーブルの上に乗せた。中から青い皿を取り出す。

「ひいふうみい……なんだ、九枚か、半端だな」

数えたツクヨミは首をかしげてパーシバルを見上げた。

「はい。これはもともと十枚組だったそうです」

「十枚が九枚になったの？　なくなっちゃったの？」

リズは手を出して皿を一枚取り上げた。釉薬（ゆうやく）のかかったつやつやした表面に、リズの白い顔が映る。

「ええ。これが九枚……一枚足りないというのがそのお話のカナメなんデス」

パーシバルはにっこりと三人を見回した。

「……おい、その話って」

口を挟もうとした兎月にパーシバルが片目を瞑（つむ）って口の前に指を立てる。

「そうか。ではその面白い話とやらを聞かせてくれ。大丈夫だ、今度はちゃんと笑うぞ」

　ツクヨミが自信たっぷりにいう。

「では、」

　とパーシバルは新しい茶を全員に注いだ。

「昔、播州姫路（ばんしゅうひめじ）にあるお城に、お菊（きく）サンというとても美しい腰元がいまして……」

　パーシバルが話したのは歌舞伎にもなった有名な「播州皿屋敷（さらやしき）」だったので、このあとすぐにツクヨミの悲鳴が響くことになった。

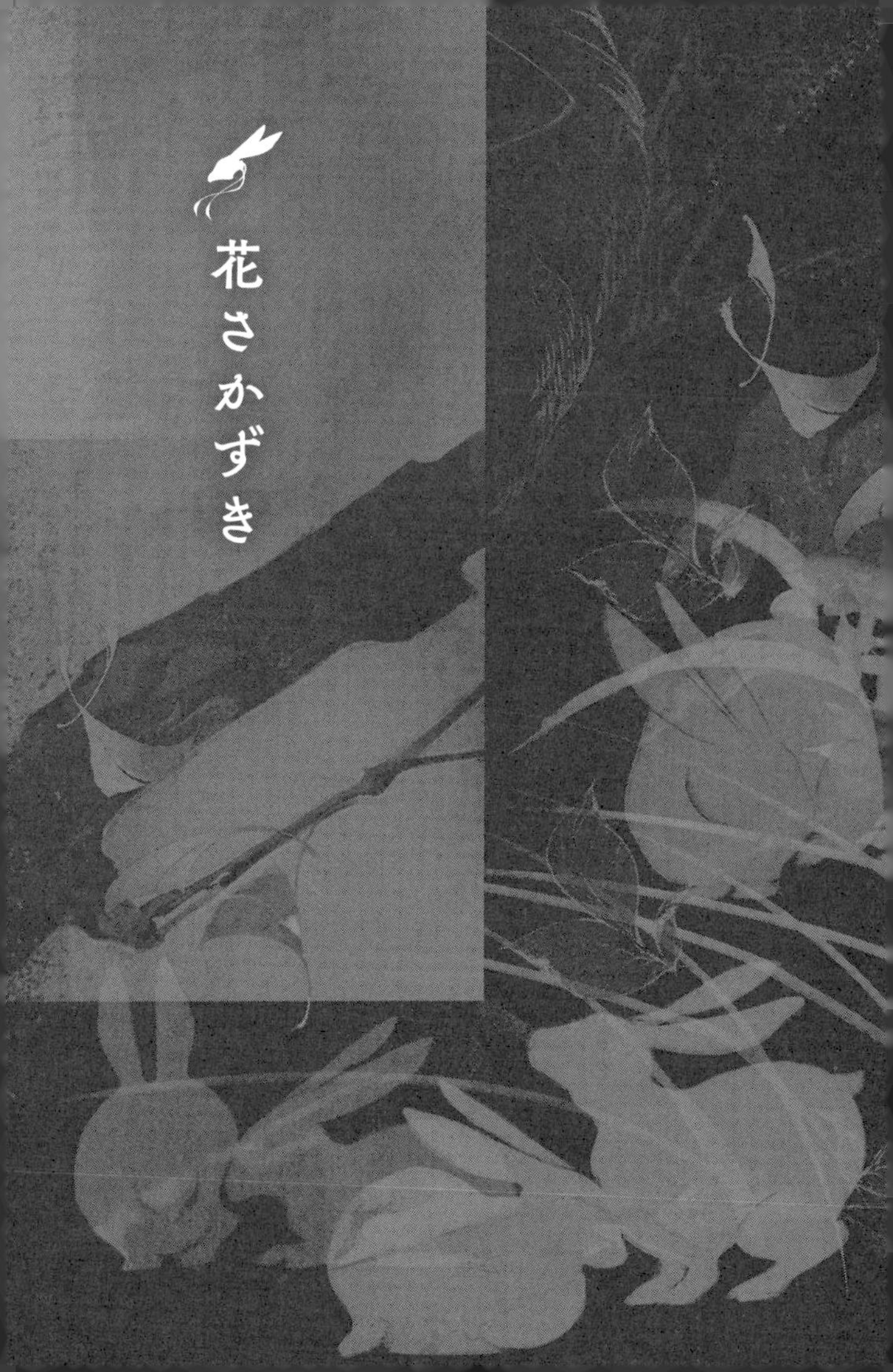

花さかずき

序

「借りを返してもらおうかねえ」

豊川稲荷が赤い唇でそう言ってきたので、ツクヨミは青くなった。

いつものように赤い縮緬(ちりめん)の着物に黒繻子の帯、前髪だけを頭頂でこよりに結び背に流している。白い面(おもて)は目じりに艶(あで)やかに紅を差して笑っていた。

以前、パーシバルが怪ノモノにとり憑かれた娘にかどわかされたとき、豊川に協力を求めた。そのさい、渋った豊川を説得するために、兎月が一度だけ豊川の神使になると約束したことがある。その借りだ。

「兎月を危険な目には遭わせないだろうな？」

「心配屋だねえ、あんたは」

「おぬしだって仲間の稲荷になにかあれば牙をむくだろうが」

「ちょっと面倒なことを頼むだけだよ。危害はくわえない、約束するよ」

ツクヨミはしぶしぶと宇佐伎神社本殿の階から立ち上がり、境内に降りた。厨の前で薪を割っている兎月のところまで歩いていく。

「おう、話は終わったのか」

兎月は割った薪を三角に積み上げる。立派なかまどを作ってもらってから自炊することが増えて、薪がすぐに足りなくなるのだ。

「兎月、豊川がおぬしの力を借りたいと言っている」

「あ？　俺の力？」

兎月は赤い着物の豊川に目を向けた。

「前に言ってただろ、あんたがあたしの神使になるって。そのときがきたんだよ」

「ああ……」

今度はツクヨミの顔を見る。小さな神は悔しそうな悲しげな顔をして、地面を睨んでいた。

「そんな顔すんなよ、大丈夫だって」

「そうさ、一生コキ使うってわけじゃないんだし」

「今コキ使うって言ったか？」

「気のせいだよ」

豊川はうつむいたままのツクヨミをちらりと流し見た。

「おまえがあたしのものになっちまうんじゃないかって心配してるんだよ。まあ、待遇はいいよ、あたしの神使の狐たちはみんな美女ぞろいだしね」

「尻尾のある女には興味ねえよ」

兎月は言ってツクヨミの白い頭を撫でた。

「心配するなって。俺はおまえの神使なんだから」

「心配などしておらん、当たり前だろう？」

きかん気な言葉に兎月は笑うと、もう一度軽くツクヨミの頭を叩いた。

「それで？　今からか？」

豊川はうなずいた。

「あたしたちは今の時期、毎年三森山に花見に行くんだよ。人間には知られていない桜の森があってね。山の桜はふもとより遅いから今頃がちょうど見頃のはずなんだけど」

豊川は兎月を鳥居まで誘った。

「ごらん、あれが三森山」

函館山からも見える三つのコブを重ねたような穏やかな稜線。山全体は茶色く頂上付近はまだ雪がかぶっているようだ。

「いつもはもう花が咲いているのに、今年はずいぶん遅いんだ。山神のやつが目を覚ましていないみたいでね」

「山神？」

「そう。そこであんたの出番だよ。神使兎月。あんたは三森山の山神を探してそいつの目を覚まさせるんだ」

一

翌朝、兎月は三森山に向かった。神社にいる馬、白陰（しらかげ）と名付けたそれに乗って函館の町を駆け抜ける。懐にはツクヨミがいる。

豊川に神使をかまい過ぎだとさんざん笑われたが、どうしてもついて行くと言い張ったのだ。

「今日、おまえが入っているのは弥生（やよい）ってやつだっけ？」

兎月は馬上で懐に向かって言った。

「そうだ」

「ちょっと痩せろって言ってくれねえかな。腹が重いぞ」

「うさぎたちの中で一番体が丈夫なのだ、辛抱しろ」

「くそ、落ちないようにしていろよ」

兎月は馬に鞭をいれ、速度を上げた。豊川は明るいうちから桜見物をしたいと言っているので、猶予はあまりない。

「山神っていうのは見つけやすいのか？」

「山神がどんな姿をしているのかは我も知らぬ。会ったことはないのだ」

「なんだと？」

「山にいるものの姿であることは間違いない。まあ見ればわかるらしいが」

ツクヨミはなんでもないことのように答える。

「どんな姿かわからないのに見ればわかるのか？」

「そうだ、人ならばわかる」

「だから俺か」

背の高い木々が増えてきた。人のつけた道も消えかけている。三森山に足を踏み入れたらしい。

「どうどう」

兎月は駆けっぱなしの白陰の手綱を引いた。首を軽く叩いてやる。

「このへんで待っていてもらおう」

木の下につないで「宇佐伎神社神馬」と書いた札を吊るす。こんな山の中で連れ去るものはいないと思うが念のためだ。

鞍(くら)に結びつけておいた藁ぐつと蓑(みの)、それに酒を入れた徳利(とっくり)をおろす。藁ぐつと蓑は山に入るために、徳利は山神に捧げるためのものだ。

白陰がぶるる、と心細そうに鼻を鳴らす。兎月は懐からうさぎを出すと、次に人参を出した。

「ほら」

差し出すとにっと歯を見せて笑う。

「現金なやつだ」

足下に人参を三本置いて、兎月はツクヨミと共に三森山に足を踏み入れた。

山には猟師が入ったのか、獣が作ったのかわからない細い道があった。とりあえずそれを辿って登ってゆく。雪はまだそこかしこに残っていて、藁ぐつをもって来てよかったと思った。

時折パラパラと枝の上から落ちてくる雪もあり、本当にこの山だけ冬のようだった。

「熊は出ないだろうな」

「おそらく山神が目を覚ますまで起きないだろう」

「じゃあ帰りが危ないいな」

笹が茂り足下が危ない。枯れた葉を踏んで何度も滑りそうになった。

懐に入ったうさぎが前脚を伸ばす。獣道から外れていたが、仕方なくずぼずぼと雪の中に分けいった。

「兎月、むこうだ」

「山神の神気を感じる」

ツクヨミの言葉に兎月はほっとした。

「早いとこ見つかってよかった」

雪をかぶった熊笹をかきわけると、そこはぽっかりと開けた場所だった。

もとは湖でもあったのだろうか、苔(こけ)むした丸い石がごろごろと転がり、細い水の流れがその間をちょろちょろと流れてゆく。

奥の方は登ってきたのと同じ深い森になっているが、ここだけは真上から太陽の光が射し込んで暖かだった。そのため雪も少ない。

羽虫が群をなして飛び、小さなとかげがするりと石の間を滑ってゆく。白と黒のまだらの鳥がぴょいと石の上を跳ねていた。

「へえ……きれいなところだな」

うさぎは兎月の懐から飛び降り、周囲を走り回った。

「おかしいな、このあたりに気を感じるのに」

「一休みしようぜ」

兎月は蔓(つる)や苔に覆われた大きな丸い岩のそばに腰を下ろした。肩にかけていた徳利を下ろすと木栓を外す。

「あ、こら。それは山神に渡す酒だぞ」

「ちょっとくらい、いいだろう。体を温めたいんだ」

「だめだ」

ツクヨミが止めたが兎月は気にせず両手で徳利を抱えて口をつけた。

「――、ふう……。いい香りだ」

兎月はあおのいて甘い息を吹き上げた。

「ああ、腹があったまる」

兎月は大きく息をつくとツクヨミに手を振った。

「おまえも少しどうだ」

「ううう」

ツクヨミは姿こそ子供だが、酒を飲むことができるしけっこう好きな方だ。

「つまみにうさぎ饅頭、味噌餡」

餡ものはけっこう酒にも合う。ツクヨミうさぎはよたよたと兎月のそばに寄ってきた。

「少しだけなら……」

兎月は手のひらに酒を出し、うさぎの顔の前に出した。うさぎは前脚で兎月の手に摑まり、顔を押しつけてちゃっちゃっと酒をなめる。

「ほら」

饅頭を摘まんでやるとそれも前脚でしっかり摑んでもりもり食べた。

「うまいー」

「な?」

兎月も饅頭を口にいれ、酒で濡れた手を振った。

「静かだな」

この山だけがまだ冬のせいか鳥の声もあまり聞こえない。地面を流れる小さな水に、日差しがきらきらと反射していた。

もう一口、と徳利を傾けようとしたとき、急に地面が揺れ始めた。

「うわっ! 地震か!?」

兎月は思わず背後の岩にしがみついた。

幕末には安政の大地震と呼ばれる地震があった。兎月が生まれる少し前のことだったが、兄や父からその地震のことはよく聞いて知っている。瓦が水の流れのように落ち、低い長屋は巨人の手で押しつぶされたようにぺちゃんこになったという話は怖かった。

「ツクヨミ、来いっ」

兎月はうさぎの耳を摑んで懐に入れた。背にした大岩もぐらぐらと揺れている。いや、違う。

「岩だ、岩が揺れているんだ！」

兎月は這うようにして岩から離れた。

岩が右に左に揺れ、その振動が地面を震わせている。見ているうちに岩の下から巨大な足が一本生えた。

「うわ」

驚いているうちにもう一本、さらにもう一本。そして全部で四本の足で体を支えた岩は、割れるような音を立てて、首を、顔を出してきた。

「も、もしかして、これが――」

兎月とツクヨミの目の前に、背中に苔や蔓草を絡めた巨大な亀が立っていた。

「山神か！」

亀の姿をした山神は、その首をこちらに向けた。ぬうっと伸びた頭が兎月の右手を嗅ぐ。

「酒か」

ツクヨミに飲ませ、濡れた手を振った。その酒が背にしていた岩、いや、山神の体にかかって目覚めを呼んだのだ。

兎月は急いで酒の栓を開け、徳利の口を山神の、岩の亀裂のような口に押しつけた。

「……」

亀が巨大な口を開けると、周りにこびりついていた泥や岩がばらばらと地面に落ちた。その口からは濃い緑の匂いがした。

「さあ、起きて春を呼んでくれ」

兎月は山神の洞穴のごとく大きく深い口の中に酒を注いだ。山神は徳利の酒をすべて口に入れると、それを閉じ、あおのいた。ごくり、と喉が一度動く。


ぼ、おおおおぉぉぉぉぉ——……

音のような、声のような、深い森そのものの響きのような、そんな呼吸が山神の口から発せられた。

一段と濃い緑の香りが兎月の周囲を取り巻く。

ああ、これは。

兎月はその匂いを吸い込んだ。

山の香りだ。

周囲の雪がたちまち溶けた。ひらりと目の前を黄色い翅(はね)の蝶が横切る。足下の岩の間からするすると白い花が頭をもたげる。

空の真ん中でひばりが高い声で嬉しげに歌いだした。

春だ。

春がきた。

春がきたよ！

山神は開けていた口を閉じると頭を低くしてうさぎに向けた。

「山神どの」

ツクヨミうさぎは前脚で山神の丸い頭に触れた。

「今年も山に誕生と実りを」

山神の丸くて澄んだ瞳がうさぎを映す。深く水をたたえた泉のような瞳だ。その目を一度閉じ、また開けて、巨大な亀は首を回した。

足を一歩踏み出したが音はしなかった。二歩、三歩と巨体が岩の上を進み、やがてその姿は森の中へ消えた。

「ふう……」

兎月は緊張から解放され、石の上にしゃがみこんだ。

「ああ、たまげた……まさかあんなでかいものだとは思わなかった」

「人が見ればわかると言っただろう」

「誰が見たってわかると思うがな……。さて、これで豊川の使いは終わったことになるのか？」

「よくやってくれたねえ」

いつのまにか背後に豊川が立っていた。豊川一人ではない、分社の稲荷の狐たちが大勢そろっている。

稲荷はみんな豊川に似た顔をして、赤っぽい着物を着ていた。少しずつ意匠が違うのは、祀(まつ)られている場所ごとのおしゃれなのかもしれない。

「お役目が終わったなら俺はこれで解放か？」

兎月が聞くと豊川はにやりと艶やかに笑う。

「まあもうちょっとつきあいな。稲荷の花見なんて滅多に参加できないよ」

二

湖の跡地から少し山の奥へ進むと、黒々とした枝が絡み合う場所に出た。地面には背の低い緑の草が茂っている。狐たちはそこに赤や白の布や花ござを敷き始めた。

「こんなところでやるのか？　桜なんかどこにも咲いていないじゃないか」

「これからさ」

豊川は形のいい顎をつん、と上に向けた。他の女たちも同じように顔を空に向ける。上になにかあるのかと、兎月も見上げた。

青い空の中にぽつんと黒い点が見えた。それはたちまち大きくなり、見ているうちに人の姿になる。だが人は背に大きな翼を生やしてなぞいない。

ずずん、と音を立てて翼の生えた人が地面に降りた。

「豊川の。久しぶりだ」

周囲がびりびりと震えるほどの大音声（だいおんじょう）で、それが挨拶した。背丈が周囲の樹木並にあり、山伏に似た着衣の上からでも肉の厚みがわかる。巨大な体に巨大な翼、そして顔の真ん中にそびえる巨大な鼻。

「天狗（てんぐ）……だと……？」

兎月はあっけにとられてその大きな姿を見上げた。絵草紙でしか見たことのない伝説の存在がそこにいる。

天狗は赤みを帯びた肌に白い髪をして、顎も白いひげで覆われていた。

「おお？　珍しい客人がいるのう」

天狗は兎月とツクヨミを見て目を細めた。

「人間？　いや、ただの人間ではないな」

「これはあたしの神使だよ」

豊川がそう言ったのでツクヨミうさぎが飛び上がる。

「今日だけだぞ！　兎月は我の神使だ！」

「わかってるよ。でも今日一日借りたんだからおとなしくしてな」

豊川に額をつつかれ、うさぎが「うぬぬ」と呻く。

「山神が目を覚まして山が春の準備を進めている。さあ、三森山の大狗、花を咲かせておくれ」

「酒はあるかね」

天狗が舌なめずりをする。

「これこの通り」

豊川がたもとを振ると桜の木の根本に一斗樽（いっとだる）が二十ばかりも現れた。

「これは重畳（ちょうじょう）。では花を呼ぶとしよう」

天狗は法衣の懐から鳥の羽でできた扇を取り出した。

「ではいくぞ。そうれ」

天狗が扇をふるうと風が巻き起こった。その風が黒い枝に触れたとたん、枝の先に桜のつぼみが現れる。

「そうれ、そうれ」

あちこちの枝にまるでぼんぼりの灯（あか）りのように桜のつぼみが灯（とも）る。そしてそれはみる間に開いて枝を彩っていった。

「さくら、さくら、いろどり花や、やすらい花や」

赤い着物の狐たちが両手を上げて舞い始めた。

「さくら、さくら、山を染め、空を染め」

「いざやいざや、舞い踊れ」

花が咲き始める。青い空を彩るように薄紅の優しい花びらが手を広げて埋め尽くしてゆく。

「桜だ」

兎月は両手でひさしを作って光の中に桜が咲いていくのを見守った。

「そうれ、そうれ」

天狗の扇が勢いづいて、何十回と振られ、やがてあたりは霞か雲のように桜色に覆われた。

「見事見事」

豊川が手を叩いて喜ぶ。

「やれやれ」

天狗がどかりと腰を下ろした。そこへ一斗樽を抱えた狐の娘たちが駆けつけ、酒を勧める。天狗は樽を両手で持ってぐいぐいと飲み出した。

「さあ、こちらも飲ろう」

豊川の声に狐たちはそこここで歌い踊り、黒い重箱を開け、盃を回して花見に興じ始めた。

「兎月、ツクヨミ。おいで」

真っ赤な毛氈の上で豊川が招く。見事な三段重ねの花見弁当が用意されていた。団子や桜餅もある。狐たちが作ったのか、それとも料亭の仕出しなのか。

「こりゃあいいや」

兎月はツクヨミと一緒に豊川の毛氈に腰を下ろした。

「どうだい、狐の花見は」

「酒が泥水で団子が馬糞だったりしないのなら最高だな」

「無粋なことをお言いでないよ」

豊川は金色の盃に手酌で酒をつぐと、それを一気にあおった。

「あんたたちも勝手におやり」

「ああ、ありがとう」

兎月はツクヨミの盃に酒を注いでやった。そこに花びらが一枚落ちる。

「お、風流だな」

「うむ」

うさぎは後脚で立つと前脚で盃をもって一息にあけた。

「うむ、甘露甘露」

兎月も自分の盃に注ぐ。ふわりと花の香りが鼻孔に広がった。

「いい酒だ」

それでも狐の酒だと思うと馬の小便でも飲まされないかと一応眉に唾してみる。しかし、おそるおそる口に含んだものはうまい酒以外のなにものでもなかった。

「兎月、この稲荷も海苔巻きもうまいぞ」

すでにうさぎはもりもりと弁当を食べている。兎月も黄色い卵焼きを摘まんだ。

「うまい」

「な？」

女たちが花の中で舞う。笑いさざめきながら駆けてゆく。

あちらでは花いちもんめで遊び、こちらではかごめかごめで遊んでいる。目隠し鬼をして花びらを蹴散らしているものもいた。

「極楽かもしれんな」

兎月はぽつりと呟いた。ここには楽しいことしかない。

「おお、人間。飲んでいるか」

大きな図体の天狗がどしんと兎月の横に腰を下ろした。

「豊川が人間を狐の花見に招待するとはな。驚きじゃ」

「俺は狐の花見に天狗が来ていることが驚きだ」

「わしらは長いつきあいじゃ。なんの驚くことがあるものか」

天狗は手にした樽をあおった。

「そうだ、人間。ひとつ飲み比べをせんか」

兎月はそう言った天狗の手にある樽を見やった。

「やめとく。勝てる気がせん」

「いやいや、さすがに同じ土俵というわけではない。わしはこいつで」

そう言って天狗が取り出したのはたらいほどもある盃だ。

「おぬしはその盃でよい。それぞれ一杯ずつやって盃を重ね、酒を零した方が負けじゃ」

「やらねえよ」

「そう言うな。余興じゃ」

「やらねえって」

兎月が重ねて言うと天狗は大げさにため息をついた。

「やはり敗走した幕軍の男はだめじゃな。負け犬根性がしみついておる。函館もこんないくじなしに占領されなくてよかったわい」

その言葉が耳から胸に落ちた瞬間、兎月の頭がかっと燃えた。

「てめえ！　もう一度言ってみろ！」

兎月は持っていた盃を投げ捨てた。天狗の方はそんな兎月ににやにや笑いを向ける。

「幕軍は負け犬じゃ」

「言ったな⁉」

「言えと言ったのはそっちの方じゃ。どうじゃ、勝負を受けるか。わしが負けたら謝ってやるわい」

「おお！　その言葉忘れるなよ！」

「と、兎月」

うさぎがあわてて立ち上がり兎月のたもとを引く。

「やめておけ、酔っぱらいのたわごとだ」

「俺たちを侮辱されたんだぞ、黙ってられるか！」

兎月はたもとを振り払い、どかりとあぐらをかきなおした。

「やるぞ！」

三

きゃあきゃあと狐の娘たちが兎月と天狗の周りをとりかこむ。天狗の持つ大きな盃に競って酒を注ぎ入れた。兎月には新しい盃を寄越して、それには豊川が注いでくれた。

一杯目を同時にあおる。すぐに兎月は自分の盃を突きだした。

「次だ」

酒が注がれる。天狗の盃にも酒が満ちた。

そうやって何杯飲んだことか。兎月は自分の体がぐらぐらと揺れていることに気づいた。目の前もぼうっと膜がかかっているように見える。

「兎月、大丈夫か」

ツクヨミうさぎが心配そうに耳を倒している。

「だ、だい、じょうぶ、だ」

兎月は天狗を見上げた。もともと赤い顔だった天狗は、今はもう梅干しのように真っ赤だ。その体も前へ後ろへと揺れている。

「さあ、次だ！」

盃を差し出す手も震えていた。

（零したら負け……）

兎月は震える右手を左手で押さえた。

酒が注がれる。もう見るのもいやだったが、兎月はそれをゆっくりと自分へ引き寄せようとした。だが、そのとき――。

兎月の手に別の人間の手が重なった。

（え？）

見ると目の前に見知らぬ男がいる。月代に着物、腰には刀を差した武士だ。

（誰……）

その男は兎月から盃を受け取るとそれをあおった。

（……）

男は幸せそうな顔をして、あおのいた。その体がふわりと浮かび、桜の中に消えてゆく。

「いま、のは……」

「兎月、応援が来てくれたぞ」

ツクヨミが囁いた。

「応援？」

「そうだ、箱館で死んだ幕軍の侍たちだ」

次の盃が満たされたときも、別の男が現れ、兎月の代わりに飲んでくれた。

酒を飲んだ男は満足げに空に浮かび、また花の中に消えてゆく。

「酒を飲むと成仏するみたいだな」

そのあとも何人も侍たちが現れ、兎月の代わりに酒を飲んでくれた。

天狗には彼らは見えないようで、兎月が一人で酒を空けているかのように見えるのか、あせって盃を重ねていた。

侍たちは兎月に微笑みかけ、空に昇ってゆく。兎月はぼんやりとその光景を見つめていた。

また誰かが兎月から盃を受け取った。その指の長い手になんだか見覚えがあった。

「……」

顔を上げるとそこにいたのはフランス式軍服を着た土方歳三だった。首もとのスカーフが酔った目に痛いほど白い。

「ひじかた……さん……」

土方はニコリと笑って酒に口をつけようとした。

(酒を飲むと成仏する――)

さっきツクヨミが言った言葉が頭に突き刺さった。

(成仏？　成仏ってなんだ？　もう会えないってことか？　そんな、そんなのは――)

「うわあぁっ！」

兎月は混乱した。混乱したまま思い切り土方の手の盃を叩き落とした。

「酒が零れた！」

地面を揺るがすほどの大声で天狗がわめいた。

「酒を零した！　おぬしの負けだ！」

兎月に指を突きつける。

「おぬしの負けだ。負けた罰だ。成敗する！」

いつのまにか天狗の右手に刀がある。

「覚悟しろ！」

天狗は大きく振りかぶった。まるで山がそのまま刀を持った姿に兎月は身動きひとつできなかった。

「兎月！」

ツクヨミが悲鳴を上げる。

兎月は振り下ろされる巨大な刀をただ呆然と見ていた――。

ガキン！

鋼同士がぶつかり合う澄んだ音が響いた。兎月の目の前で土方が刀を――兼定を抜き、天狗の刀を受け止めている。

「ぼさっとすんな、兎月！」

叱責された。

「戦え！　一緒にこいつを倒すんだ！」

「お、おう！」

兎月の右手にも是光があった。兎月は愛刀を握り天狗に飛びかかる。

天狗は左手に持った扇でそれをハッシと受け止めた。

「足を狙え、兎月！」

「はいっ！」

土方が声をかける。それに答えて刀をふるう。鋼がぶつかり青白い火花が散り、桜が散る。

(ああ、ここが極楽だ)

兎月は戦いながら思った。強い敵と戦う。信じられる人に背中を預けて。

(楽しい――楽しい――ずっと続けばいい――)

終

「……とげつ？」

目を開けると顔のすぐ前でうさぎが歯をむいていた。

「うえっ」

ぎょっとして飛び起きた。自分は舞い散る花の下で眠っていた。

「あの人は——天狗は……」

「天狗は寝てるぞ。おぬしもよく寝ていたな」

「寝てた？」

兎月は周りを見回した。相変わらず花の中で赤い女たちがはしゃいでいる。天狗はすぐそばで横になり、大きないびきをかいていた。

「いつ……いつから」

どこからが夢だったのか。盃を侍たちが代わりに飲んでくれたのも夢だったのか。土方が現れたのも夢だったのか。

土方を成仏させたくなくて盃を叩き落としたのは——自分のわがままが見せる夢だっ

たのか。

「俺は……最低だな……」

「どうしたのだ、兎月」

うさぎが心配げに顔を覗き込む。

「悪い夢でも見たか」

「……いや、夢はいい夢だった。だけど」

ごろりと横になり顔を隠す兎月に、うさぎはなにか言いたげに鼻をひくひくさせる。

「俺が夢の中で最低だったんだ」

「兎月……。夢は夢だ。自分の思い通りになるわけではない。夢の中のおぬしは自分の一部でしかないんだ」

ぱふぱふと肉球のない前脚で頭を叩かれる。

「楽しい夢だけ覚えていればいい。気にするな」

「おまえは俺を甘やかし過ぎだよ」

「そうかな」

「そうだ」

眠気がまたすぐに兎月を摑まえようとする。ツクヨミが話してくれたことで心は少しだけ軽くなった。このまままた楽しい夢に身を任せ――。

「だめだ！」

兎月は勢いよく起き上がった。

「まだあいつに謝らせてない。決着はついてないんだろ」

兎月は寝ている天狗のもとへいくと「起きろ！」とその体を蹴り飛ばした。

「起きろ！　続きをやるぞ、絶対謝らせてやるからな！」

起きろ起きろと天狗を蹴り飛ばす兎月を見ながら、ツクヨミはため息をつく。

「我が甘やかしだというが、おぬしもそうだと思うぞ」

ツクヨミのそばに立つフランス式軍服の白い影が、その呼びかけに小さく笑う。

「いつまで見守っているつもりだ」

次に呟いたときにはもういなかった。

「やれやれ」

ツクヨミは盃を手にした。桜の花びらが二枚、寄り添うようにして浮かんでいた。

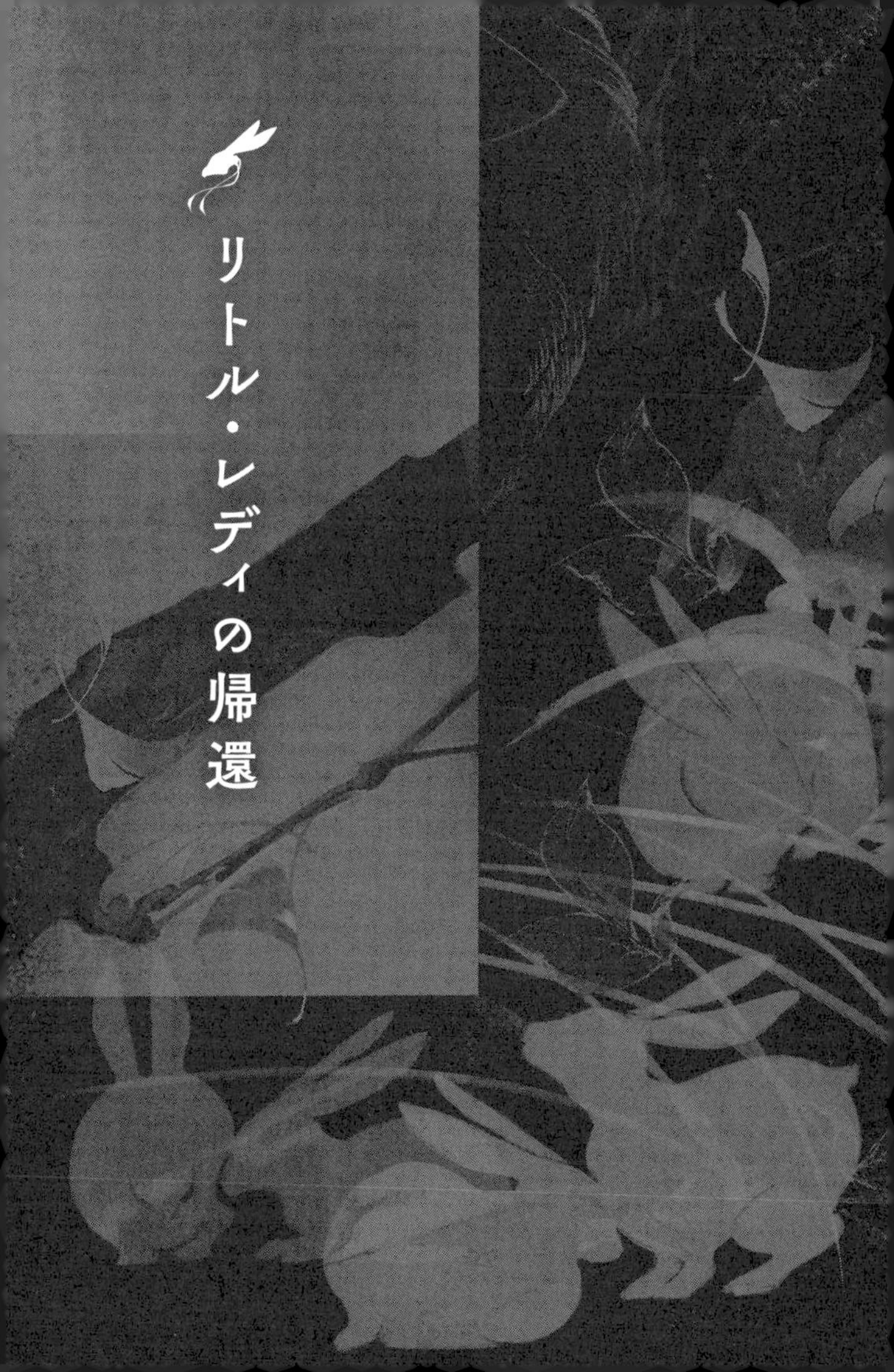

リトル・レディの帰還

序

（ああ、なんでこんなことになっちゃうんだろう）

リズは暗い猟師小屋の中で、縛られた腕の痛みに耐えていた。

（函館に来てちょっとの間に二回もさらわれるなんて、なんなの？　どれだけ運が悪いのかしら）

ぐいぐいと背に回した腕を擦り合わせる。縛られたとき手首を交差させておいたおかげで隙間ができている。もう少し緩めば抜けそうだ。

裕福な異人の少女というだけで、誘拐される危険はいくらでもあった。そのために、リズは幼い頃からさまざまな自衛の手段を教えられていた。手首を縛られるとき交差させておく、というのもそのひとつだ。

（叔父さまからいくらせしめる気かしらないけど、そんなことはさせないんだから）

リズはもうじき横浜へ帰らなければならない。明後日、横浜・東京行きの船がきたらそれに乗って函館を去るのだ。

帰る前に両親への土産を探そうと、昼過ぎ、店の使用人の男性と町へ出た。何軒か見て、土産で両手がふさがったとき、急に四人の男に取り囲まれてしまった。

店と店の間の路地で身動きが取れず、リズはあっという間にさるぐつわをかまされ、縛り上げられてしまった。

リズはそのまま用意されていた辻駕籠に押し込まれ、使用人は殴られてパーシバルへ伝言を命じられた。男のうち二人が駕籠を担いでリズはその場から連れ去られた。

函館の市街を抜けて人通りの少ない場所で駕籠から下ろされ、そのあとは目隠しもされて馬に乗せられた。

馬に乗り慣れていないリズは、降りたときには揺すられ過ぎで気分が悪くなり、吐いてしまったが、そんなに長い時間乗っている気はしなかった。

涙を浮かべながら見回した風景は、枯れはてた草原だった。

背の低い木がぽつりぽつりと生えているが、その他は茶色く枯れたススキや葦ばかり。日差しに地面のあちこちがキラキラしているので、湿地であることがわかる。

灰色にかすんだ山々が遠くに見えたが、函館山は見えなかった。今、自分のいる場所がわからない。

目の前には潰れそうな小屋があった。そこへ入ると中にも五人の男がいた。リズを連れてきた四人とあわせて九人。

リズは一人の男の前に座らされた。男は刀を持っていたのでもとは侍かもしれない。

「パーシバル商会の娘です」

侍風の男は暗い目つきでリズを見下ろした。こめかみから頬をさがって顎まで、ぞっとするような大きな切り傷がある。

「毛唐(けとう)め」

男は呟いた。リズの知らない日本語だった。そんな言葉をリズや家族たちに言うものはいなかったからだ。だが意味はわからなくても男の口調で侮辱されたことだけはわかる。

「おい、言葉がわかるか？」

日本語で聞かれたがリズは黙っていた。

「わかんないんじゃないですか、こんなチビだ」

この人たちはわたしが日本生まれの日本育ちだとはしらない。ということは少なくともパーシバル商会の近くの人間ではない、とリズは考えた。

「答えないと殴るぞ」

傷のある男がそう言った。リズの反応を見ているのだ。

だがリズはあくまで言葉がわからず怯えたふりをした。泣き真似もしてみた。言葉の中に英語をまぜると、男たちは満足したようだった。

「娘にいくら出しますかね」

「ずいぶん日本の金を稼いでいるんだ。千円くらいは出すだろう」

おおっ、と男たちがどよめく。当時、巡査の年収が百円くらいだ。一般人には一生手にすることができない大金だろう。

「すげえ、やっぱ名張(なばり)さんについてきてよかった」

「当たり前よ、名張さんはあの新撰組を何人も血祭りにあげているんだ」

仲間の声に名張と呼ばれた男はにんまりとする。

「その通りだ、維新の嵐の中を血塗(ちまみ)れで駆け抜けた俺だぞ」

「頼りにしてます、名張さん」

「俺たちには名張さんがいれば百人力よ」

男たちは歓声を上げた。リズとしては自分がたった千円と言われたことに腹をたてた。

この人たちは叔父さまがどんなにお金持ちか知らないんだわ。叔父さまならわたしのためにその十倍だって出すというのに。

リズはうなだれてしおらしい振りをしながら刀を持った男を横目で見た。

ナバリというもと侍がこのチームのボスに違いない。特徴的な傷と一緒にその名前をリズは頭に刻み込んだ。

日が落ちる前に市街に入ると言って、名張と一緒に四人が出て行った。直前に身代金の受け取りは暮れ六ツ（午後六時）だと話していたのを聞いている。

小屋にはもう四人残っている。幾分年とっているものと若いものだけでサイコロで遊んでいる。細く開けられた窓からはよく晴れた空が見えた。

（時間になる前に逃げ出して家に帰らなければ）

今まで何度も叔父に迷惑をかけた。自分のために大金を捨てさせられない。

何度も縄を引っ張ったせいでかなり緩んできた。今なら片腕ずつ抜くこともできる。

「……エクスキューズミー」

リズは英語で呼びかけた。普段は日本語を話しているが、英語も使うことはできる。

リズの言葉に四人の男たちはぎょっとした顔をした。

「エクスキューズミー」

リズは言いながら体を左右に振ってみせた。困ったような表情を作り、しきりに扉に目を向けてみせる。

「なんだ、あのガキ」

「小便したいんじゃないのか」

男たちはひそひそと言葉を交わした。ここで言葉がわかることを気づかれては困るので、リズは「エクスキューズミー」だけを何度も早口で繰り返した。

「ああ、うるせえよ。おい、外へ連れて行け」

男のうち年配のものが若い男に言った。若い男はいやそうな顔をしたが、のろのろと立ち上がるとリズの片腕を摑んだ。

緩くなった縄に気づかれないように背中に押しつけ、リズは立ち上がる。

扉の外にでると男は「さっさとしろ」とリズを突き飛ばした。

小屋の外はどこまでも果てしない草原が続いている。

リズはきょろきょろとあたりを見回し、ススキの茂みの陰に行こうとした。

「おい！　見えるところでしろ！」

男が怒鳴ったが言葉がわからないふりでそのまま茂みの後ろに回る。

「ちっ、早くしろよ」

男にはリズのかぶっている赤い帽子がススキの間から見えているだろう。リズは縄から腕を抜くと、帽子を茂みの間に押し込んだ。

身を低くして茂みを駆け抜け猟師小屋から離れる。案の定気づかれていない。

函館山は見えないが、遠くの山脈とは逆に走ればきっと市街につく。市街まで行って誰かに会えればパーシバル商会まで送ってもらえる。

リズは走った。

(叔父さま、今帰るわ！　ツクヨミ、わたしの声が聞こえる!?　リズはここよ！)

地面にはぬかるみが多い。リズの赤いブーツはたちまち泥だらけになった。

夕暮れを呼ぶ風が頬を凍らせ、白い息が顔の周りにまとわりついた。

リズは町に簡単に戻れると考えていた。北海道の原野を甘く見ていたのだ。

一

男たちに伝言を命じられた使用人は、腫(は)れた顔のままパーシバル商会に駆け込んだ。

「暮れ六ツまでに場所と金額は知らせると言ってました。警察に話せばお嬢さまの命はないと」

それでも警察に連絡すべきだと店のものは言ったが、パーシバルは止めた。さらったものたちからの連絡を待つと言った。金だけの問題ならいくらでも出すことはできる。リズが危険な目に遭わないことが第一だった。

パーシバルは宇佐伎神社にも人をやって伝えた。ほどなく兎月とうさぎ姿のツクヨミが駆けつけてきた。

「我の神使を市中に放った。身代金をとるというならそんなに遠くにはおらぬだろう」

パーシバルに書斎へ通されたツクヨミは、大きなマホガニー製のデスクの上に乗って言った。

「ありがとうございマス、ツクヨミサマ」

「さらった連中に心当たりはねえのか？」

念のためドアに鍵をかける。犯人の一味が屋敷の中にいたら問題だ。

「今のところはありまセン。ここ最近は恨まれるようなことはしていませんカラ」

「昔はしていたような言いぐさだな」

「函館に来たばかりのときは、ワタシたちの立場を理解していただくのがなかなか難しかったデスね。異人が日本から金を奪ってゆくと見られてましたカラ。でもワタシたちもここで十年以上、今では受け入れてもらっていると思っておりマスよ」

パーシバルが饒舌になっている。心配事があるとこの男はよくしゃべるのだ。

「だったら単純にリズの身代金目当てか。この世で一番卑怯な犯罪だな」

「金で解決できるなら問題はありまセン」

「それはやめろ。成功したら悪党どもは何度も同じことを繰り返す。とっ捕まえて割にあわない仕事だと教えこむんだ」

「しかしリズの命が……」

「身代金を奪うまではリズは無事だと思う。俺が必ず捕まえてやる」

そこへ店の人間が駆け込んできた。

「今、庭に文が投げ込まれました！」

文は石に結んであった。悪党たちは大胆にも店の近くにいるらしい。

パーシバルは文を開いた。案外きれいな筆で「千円を用意しろ。金は使用人の女にもたせて弥生坂の廃寺まで」と書いてある。

「ツクヨミ、うさぎを一羽、そこへ飛ばしてくれ」

「わかった」

ツクヨミは仰向いて目を閉じた。しばらくしてパチリと大きな目を開ける。

「到着した。だが今は誰もいない」

「そうか。しばらくその場へ待機させてくれ」

パーシバルはそわそわと机の周りを歩き回った。

「リズは彼らと一緒にイルんでしょうか」

「どうかな。金髪の娘っこをつれて歩いていれば目立つ。どこかに隠していると思うが」

「帰る間際にこんなことになって、リズ、かわいそうに。ドンナに心細いか」

長い金髪を指でかき回しながら、パーシバルは悲痛な声を上げた。

リズは湿地帯を走っていた。だいぶ離れたはずだが背後の山脈の姿はいっこうに小さくならない。本当に町の方へ向かっているのだろうか、という不安がつきまとう。

さっき、遠くで自分をさらった男たちの声が聞こえていた。けれどそれももう聞こえない。つまり遠ざかったことは確かなのだ。

草原の草は丈が高い。リズの身長では相手からは見えないが、リズもまた目の前を草に塞がれて見ることができない。

(大丈夫よ、ツクヨミがきっとうさぎを使って探してくれるわ)

けれど小さな不安もある。今日もまたツクヨミと喧嘩してしまったからだ。もしかしてツクヨミが怒ったままだったら探してくれるだろうか——？

＊＊＊

「ママの具合がよくなってきたから、療養所から戻ってくるの！　今度は夏までは一緒にいられるって。だからわたし、明後日の船で帰ることにしたの」

朝、宇佐伎神社へ行ったリズは、兎月やツクヨミに横浜からきた手紙を見せた。ただ手紙は英語で書かれていたので二人には読めない。

「そうなのか、よかったな」

兎月はそう言ってくれたがツクヨミは黙ったままだった。

「夏にはまた療養所へ戻るんだけど、もし、ママの調子がよければわたしも一緒にいくの。療養所の近くにダディが別邸を建てているから、そこから通うのよ」

嬉しそうに話すリズの周りにうさぎたちが集まってくる。リズはうさぎを一羽一羽抱き上げ、同じ話を繰り返した。

今朝この手紙をもらってから嬉しくてたまらない。この春は楽しいことばかりだ。

「それなら家へ戻って帰りの準備でもしたらどうだ」

ツクヨミが冷たい声で言った。うさぎを抱いたまま振り向くと、階に座ってそっぽを向いている。

「おい、ツクヨミ……」

兎月が困った様子で言うが、リズにはツクヨミの不機嫌の理由がわかった。

「あら、ツクヨミってば。わたしが帰るのが寂しいんでしょ」

「な、なにを!?」

ツクヨミは立ち上がってリズを睨みつけた。

「そんな意地悪言って。わたしは帰るけどまたいつか函館に戻ってくるわよ。そうね、今度はママと来てもいいわ。ママは叔父さまのお姉さんだからきっとツクヨミのことも視えるわよ」

「誰が意地悪だ、考え違いをするな」

「あんなに素直じゃないカミサマの世話は大変でしょ。みんなうちにきたら？　いつもキャベッジや人参をご馳走するわよ」

リズは膝をついてうさぎたちに囁いた。うさぎは耳を傾け顔を寄せ合ってこそこそと話し合う。

『ソレモイイナ』

『ニンジン　ウマイ』

「ば、ばかを言うな！　神使が神のもとを離れるなんて！」

ツクヨミはリズの手からうさぎをひったくった。

「じゃあ、ツクヨミが一緒に横浜に来ない？」

「え？」

「一緒に行こうよ。わたし、うちの庭に叔父さまと同じようにかわいいお社を作るわ。そこでツクヨミをお祀りするの。わたし、ツクヨミの巫女になるのよ！」

そう言ったときツクヨミは口を開けたまま固まったように動きを止めた。

「そんなこと……できるわけがない」

やがてそう言ったツクヨミの顔は悲しそうだった。

「我は函館山を守るもの。山から下りてくる怪ノモノから町を護るもの。他の場所へなどいけぬ」

「……」

リズは言ってはいけないことを言ったのだとわかった。ツクヨミの社のことは聞いていた。本社は長崎の島にある。そこから分社され、たった一人でこの見知らぬ北の地に奉じられたのだ。

兎月が蘇るまでツクヨミは一人きりだった。うさぎたちを一羽ずつ増やし、ほとんど人の参らないこの社を護り、恐ろしい怪ノモノと戦って。

ツクヨミだって自由に社から出たかっただろう。誰かと話したかったに違いない。

なのに簡単に一緒においでなんて。

「ごめんなさい……ツクヨミ。わたし、調子に乗って」

「見送りにはいかぬ」

ツクヨミは本殿の扉を開けた。

「気をつけて帰れ」

リズは兎月やうさぎたちと境内に残されてしまった。

「ごめんなさい、サムライ。わたし……」

「まあ確かに今のは調子に乗っていたな」

兎月はリズの頭にぽんと大きな手を乗せた。

「母親に会えるから嬉しかったんだろ。ツクヨミだってわかっているさ。あいつがすねん坊なのは知ってるだろ」

「ツクヨミ、機嫌直してくれるかな」

「大丈夫さ。必ず一緒に見送りに行くよ」

うさぎたちもリズの足下で膝を叩いた。

『カミサマ　サミシイダケ』

『スグ　モトニ　モドルカラ』

「うん……」

ぴょん、とリズの胸をめがけ飛び込んできたのは、以前一緒に家で過ごしたうさぎの皐月だった。

『リズ　イナクナルノ　サビシイ』

「わたしも。わたしも寂しいのよ、ツクヨミ」

リズは閉まった本殿の扉に向かって言った。だが扉の奥ではこそりとも音はしなかった。

＊＊＊

あんなことがあったまま、別れるなんて絶対にいや。

リズは心細くて泣きそうになった。冷たくなった頬を両手でごしごしと擦る。

「ツクヨミに会って謝らなくちゃ。わたしがさらわれたと聞いて、お社から出て来てくれたかしら……」

ずるっと足がぬかるみにとられ、リズは顔から地面に倒れた。

「いた……っ！」

膝から脳天を貫くような痛みが走る。足を見ると、膝小僧に血がにじんでいた。

「大丈夫、大丈夫」

リズはポケットに入れていたハンカチで膝を縛った。

「大丈夫よ、リズ。走れるわ」

立ち上がると背の高い草の間から朱に染まった地平が見える。

「夕日が落ちるのは西の方。函館山は西よ。間違ってないわ」

リズは太陽の最後の光に顔を向けた。吐く息が白く上がり、視界がにじむ。

「待ってて。今帰るから……」

リズは再び走り出した。

二

パーシバルの書斎においてある時計の針が五時を回った頃、ソファの上に座っていたツクヨミが立ち上がった。

「きたぞ」

ツクヨミの目には、身代金の受け渡し場所に指定された寺の境内が見えている。

「何人いる？」

兎月はパキリと指を鳴らした。

「二人……いや、寺の土塀の外に一人、あとからもう一人が茂みに隠れた。うむ、もう一人いる。これも土塀の内側に隠れた」

「全部で五人か」

「他にも来たら教える」

「警察に言って寺の周りを包囲してもらいマスか？」

パーシバルがそわそわと両手を擦り合わせる。それに兎月は首を横に振った。

「警察に言えば主導権を取られる。悪いが俺はあまり巡査どもの腕を信用していない」

兎月は部屋を出ると庭に降りた。そのまま庭からつながる神社の分社へでる。冬の間ツクヨミの仮社として作っておいたものだ。そこには大五郎一家が集まっていた。二十人ばかりいるだろうか。

「待たせたな、獲物が餌場に集まった」

「へい」

大五郎はニヤリと笑みを浮かべた。やくざの本領発揮とでもいうような顔だ。

「手筈(てはず)通り頼む」

「任せておくんなさい」

大五郎以下総勢は、神社から走って出て行った。もとは七人くらいの一家だったが、冬から春にかけて名をあげた組に、世話になりたいというものが増えた。たいていは農家の次男三男。なかには元幕軍の武士や、火事で路頭に迷った町人もいる。

「大五郎サンたちに頼むんデスか」

「ああ、寺からの逃走経路に手下を配置してもらう。万が一、俺が取り逃がしてもやつらが取り押さえる。荒事に慣れている連中だ」

まだ心配そうな顔をしているパーシバルの背中を、兎月はパシンと叩いた。

「任せておけ。こっちにはカミサマがついているんだ」

パーシバルの足下までぴょこぴょこ跳ねてきたうさぎは、後脚で立ち上がると耳を軽く振った。パーシバルの唇に小さく笑みが浮かぶ。

「……その通りデスね」

兎月が手を差し出すとうさぎはひょいと飛んでその手の中に収まった。

「さて、悪党狩りといくか」

同じ頃、リズを逃がした残留組の四人は湿原に散っていた。

最初は大声で怒鳴りながら探していたが、声を上げると気づかれて逃げられると誰かが言ったので、今は無言で丈の高い草を棒切れで払いながら歩いている。

「おーい」

あたりがうらさびしい朱色に包まれた頃、仲間がもう一人の男の方へ寄ってきた。

「どうだ？　勇作（ゆうさく）」

「だめだ、ぜんぜん見つからねえ。この草が隠しやがる」

声をかけた男は西の方をみた。太陽がするすると地平に沈んでゆく。

「もう日が暮れる。いったん小屋へ戻らねえか？　このままだと俺たち戻れなくなるぜ」

「だけどよ、日出吉（ひできち）。あの異人の娘を逃がしたまんまじゃ名張さんにどやされるぜ」

勇作と呼ばれた男は心細そうに両腕を擦（さす）った。

「仕方ねえだろ、あの娘だってきっと迷って辿りつけねえよ。それに、このあたりは夜はやばいんだ」

日出吉は勇作の袖を引っ張った。

「やばいって？」

「あちこちぬかるんでるだろ、夜になると水がもっと増える。底なし沼になるところもある。それに……」

黙り込んだ相手に勇作は首をかしげた。

「それに、なんだ？」

日出吉は黙ったままあたりをきょろきょろと見回した。

「なんだよ、気味悪いな」

「……でるんだよ、ここは」

誰もいないのに、はばかるような小声で日出吉は言った。

「はあ？」

「昔から言われているんだ。水の溜まるところには魂が溜まるって。このへんは死人を鳥に食わせて弔（とむら）っていた場所なんだよ」

「うえっ」

そう聞かされて勇作はおっかなびっくりあたりを見回した。

「戻ろうぜ、他の二人も見つけなきゃ」

「あ、ああ」

男たちは二人で身を寄せ合って歩き出した。

「おーい、おーい」

残りの仲間を呼ぶ。二人より三人、四人いた方が心強い。

「おーい、おーい」

答えるものはいない。空の上で風がビュウビュウ吹く音がするだけだ。太陽はますます低くなり、東の方から墨が流れてくるように黒くなってゆく。

「小屋はこっちでよかったよな」

「ああ、確かだ。あの山のひっこんだあたりを目印にしてたんだから」

勇作が遠くの山の姿を指さす。それももう見えにくくなっていた。

「あとの連中はどうしただろう」

日出吉が心細そうな声を出した。

「おーい、どこだあー」

それを振り切るように勇作が大きく叫ぶ。

「……おーい」

かすかに別の男の声が聞こえた。二人はほっとして顔を見合わせる。

「おーい、こっちだー！」

「おーい、……おーい」

遠くから聞こえる声の方向は、勇作たちが向かおうとしている方角とは逆の方だった。

「しょうがねえな」

二人は声のする方へ向かった。

「おーい！　どこにいる！」

あたりをがさがさかき回し、草を大きく揺らす。子供のリズはともかく、頭ひとつ草からでている大人の男の姿がどこにも見えない。

「おーい、俺たちはもう小屋に帰るぞー」

「おーい、おーい……」

声はいきなりごく近いところから聞こえた。二人はそれに驚いた。姿が見えないのにすぐそばにいるようだ。

「もしかして沼にはまったのか!?」

あわてて草をかきわけ声の方に向かうと探していた男がいた。地面に仰向けに倒れている。

「おい、どうし……」

駆け寄ろうとした勇作はたたらを踏んだ。倒れた男がそのままこちらに向かってきたのだ。仰向けのまま、足をバタバタと動かして腕をむかでのように動かして。

「うわあっ！」

勇作と日出吉は飛び上がり、逃げ出した。

「とっ憑かれた！　とっ憑かれた！」

走る先に小屋が見えてきた。ほっとしたのも束の間、小屋の周りにぼうっと立っている影が見える。それは仲間の一人ではない。体の半分の骨がむきだしになって動いているそれが、人であるはずがない。

「ひえええっ！」

西から射す赤い光が影を照らしても影のひとつもできない。

「ぎゃああっ！」

男たちの悲鳴が黄昏の中に吸い込まれていった。


同じ頃、リズもまた夕闇に呑まれていた。目の前の草の海はまだ見えるが遠くの方はぼんやりとしている。

ぞくりと背中に氷がさしこまれたような気がして立ち止まる。

耳をすますがなにも聞こえなかった。

(このまま進んで大丈夫だろうか？　熊や狼や野犬が出てきたらどうしよう)

それと同じくらい恐ろしいものが迫っていることを、リズはまだ知らない。

(立ち止まっていても無駄だ。自分のつま先を信じて進もう)

幸い月がでている。月も太陽と同じように東から昇って西へ沈む。だから常に月を背にして進めばいい。

ひやりと頬に触れたものがいて、リズは小さく悲鳴を上げた。

だがなにもいない。

濡れた葉が触っただけかもしれない。

リズは月を振り向きながら進んだ。

そのすぐ背後を白い影が隠れながらついてゆく。

その影は別の影が寄ろうとすると、腰から一閃光を放ち、その影を打ち倒す。みるものがいればその光は刀の軌跡だとわかるだろう。

刀を持った影はリズに寄ろうとする影たちを阻みながら一緒に進んでいった。


六時近くになり、パーシバルは商会の女中、お真木に金の入った風呂敷包みを渡した。

「金をおいたらすぐに逃げてくだサイ」

パーシバルはお真木に言った。

「でもお嬢さまは？　お嬢さまを連れ帰らないと」

「相手はその場にリズをつれてきていませセン。だから心配しないデ」

お真木は青い顔でうなずいた。気丈な女だが人さらいたちがいる場所へいくのは恐ろしいだろう。

「お真木さんは必ず守りマスから」

「あたしのことなんかいいんですよ、それよりお嬢さまを助けてあげてください」

お真木は目に涙を浮かべていた。彼女にも小さな子供がいる。他人事ではないのだろう。パーシバルはお真木の肩を抱いて「ありがとう」と答えた。

店の外では兎月が待っていた。

「じゃあ行くぞ」

「はい」

パーシバルは商会の名の入った提灯に火をいれた。これで暗くても身代金を持ってきた人間だとわかる。

兎月とパーシバル、そしてお真木の三人が夜道を歩き出した。

「兎月」

懐でツクヨミうさぎが小声を出す。

「今、角に男がいた。我らを見て走っていったぞ」

「見張りだろう。俺たちが出たことを寺にいる仲間に伝えるんだ」

兎月も小声で返す。

「詳しいな」

「似たようなことは戦のときやってたからな」

二十分ほど歩くと目的の廃寺が見えてきた。兎月とパーシバルは門の前で足を止める。

「ツクヨミ、連中はいるか？」

「いる。全部で五人」

門の外にいたものも中に入ったらしい。

「よし、捕まえやすくなった」

兎月はニヤリとほくそえんだ。

「では、お真木さん。頼んだ」

「はい」

お真木はしっかりとした声で返事をし、一人で提灯を持って門をくぐった。

「相手には俺たちが丸腰なのもわかっているはずだ」

兎月はパーシバルに言った。

「銃を持ってきてるか？」

「はい、ルフォーショーです」

パーシバルは植物的模様（アラベスク）を身にまとった流麗な銃を懐から取り出した。

「ブリュネ先生の回転式拳銃（リボルバー）だな」

「当たらないと言いましたネ」

「ブリュネ先生以外はな」

お真木が寺の前についたらしい。「お金を持ってきました」という細い声が聞こえた。

門から少し身を出して見ていると、寺の破れ戸が開いて男が出てきた。

お真木は大胆にも前へ進んで階の一番下に風呂敷包みを置いた。

「お嬢さまを返してください」

「金を確かめてからだ」

寺の縁台の下から男が駆け出してきて、お真木の腕を摑まえる。お真木は喉の奥で詰まった悲鳴を上げた。

本堂から出てきた男は刀を下げている。侍だったのか、と兎月は舌打ちする。

男は階を降り、腰を屈めて風呂敷包みを摑みあげた。お真木を摑まえている男が期待に満ちた顔でそれを見上げている。

「……確かに」

中の札束を確認し、男がそう言うと本堂からもう一人出てきた。その男は侍から風呂敷包みを受け取り懐に入れた。

「門に隠れているやつ、出てこい」

侍が呼ばった。見張りから連絡を受けていたのだろう。

呼ばれて兎月とパーシバルは姿を現した。

「パーシバル商会の頭取じきじきにおいでくださるとはな」

首領格の侍が動かないので、兎月とパーシバルは境内の中へ進んだ。

「お金は渡しましシタ。リズはどこにいマスか」

「お姫さまは俺の仲間たちが大事に世話しているぜ」

「返してくだサイ」

「そうだなあ」

侍はにやにやする。

「娘の値段よりパーシバル商会頭取の値段の方が高いかなあ」

「ワタシでよければリズの代わりになりマス。リズをすぐに返してくだサイ」

パーシバルが前へ進もうとするのを兎月が止める。

「そのくらいの金で満足しておく方がいいぜ」

そう言った兎月に侍は乾いた目を向けた。

「おまえはなんだ」

「用心棒だよ」

兎月は武器を持っていないと両手を広げた。

「手ぶらの用心棒か」

兎月はお真木を摑まえている男の方へつかつかと歩んだ。

「お真木さんを放せ」

「なんだ、てめえ！」

「もう用はすんだはずだ」

「近寄るな！」

男がそう叫んだ瞬間、兎月の懐からうさぎが跳びだした。白い弾丸のように、うさぎは男の顔に襲いかかる。

鼻に頭突きされた男が悲鳴を上げてのけぞった隙に、兎月はお真木を自分の胸へ引き寄せた。

「門まで走れっ」

「はい！」

お真木は火がついたように駆け出した。

「てめえっ！」

侍の背後にいた男が兎月に突進してきた。

「是光！」

兎月が叫ぶと同時に右手が輝き、刀が現れる。兎月は鞘から抜かずにその刀で駆け寄ってきた男をすくい上げるように払った。

「ぎゃっ」

脇から胸を打ち抜かれ、男は一間ばかりも空を飛んだ。

「おおっ」

階上の侍が叫んで一歩引く。

「な、名張さん、そいつやっちまってくれ！」

うさぎの頭突きを受けて鼻血を出している男が叫んだ。それで兎月は侍の名を知った。

兎月はゆっくりと鞘を払い、刃を名張という男に見せつけた。

「安心しろ。この刀では人は斬れない。だが二、三日は動けなくすることはできるぜ」

「貴様、幕軍か」

「西のなまりだな」

兎月は気づいた。

「おおかた新政府に見捨てられたザコか」

「こちらが捨てたのだ、初志を忘れた腐れものたちを！」

「腐ってんのは同じだろう」

バンッとすぐそばで重い音がした。パーシバルが銃を撃ったのだ。間近で四十四口径の弾丸を受けた相手の肩は粉砕され、驚くほどの血飛沫(ちしぶき)が噴き上がっていた。

撃った方のパーシバルも銃を取り落としてしりもちをついている。それほどの威力だった。こんなものをブリュネや土方は馬上で軽々と扱っていたのだから恐れ入る。

「勝負しろ」

兎月は元新政府軍の侍、名張を自分の獲物と決めた。

「この傷」

名張は左手でこめかみから顎にかけての引き攣(つ)れを撫でた。

「京でつけられたものだ」

「京？」

「そうだ。俺はあの新撰組と戦って勝利したものだ」

「新撰組と？」

兎月は目を見開いた。その反応に名張が満足そうに笑う。

「驚いたか。あの池田屋(いけだや)の襲撃を乗り越えたのだ。近藤(こんどう)、沖田(おきた)、藤堂(とうどう)……名だたる新撰組の使い手と斬り結んだのだ。その俺の刀の錆(さび)になりたくなければ失(う)せろ！」

「へぇ」

兎月は刀を肩の上に乗せた。

「有名どころぞろいだな。一度手合わせしたかった。残念ながら俺が入ったときにはみんな死んでたからな」

「え……っ」

名張の体が揺れる。

「入った、だと?」

「俺は北上する新撰組を追って入隊したんだ。幕軍の中で新撰組は小さな集団だったが、さすがに歴戦の猛者(もさ)たちさ、ずいぶんしごかれたぜ」

名張の足が階を一段上がる。腰がもう引けていた。

「勢いのあった頃の新撰組と斬り結んだってやつと一度やってみたかったんだ。遠慮なしにいくぜ」

「ま、待て! 俺に手を出したら娘の命はないぞ!」

「リズはそこにはいないんだろ、知ってるよ」

言うなり兎月は階を駆け上がる。名張は悲鳴を上げて縁台を走った。

「こら、待て! 勝負しろ!」

「た、助けてくれ！」

角を曲がったところで穴の開いた床に足をとられ、名張が勢いよく転ぶ。兎月は床を蹴り、倒れた侍を飛び越えると、着地と同時に振り向いて刀をその肩に叩きおろした。

「ぎゃあっ！」

「どうした、戦え！」

「う、嘘だ、嘘なんだ！　新撰組となんかやってない！」

侍はひいひいと泣き声を上げた。

「この傷は伏見で戦から逃げるとき橋から落ちて材木で切ったんだ……俺は戦ってない、勘弁してくれ」

「な、名張さん」

鼻血男がそれを聞いて驚いた様子で叫んだ。

「あんた、いつもあれだけえらそうに京の話をしておいて……！」

「す、すまない」

涙と鼻水を垂らす名張に兎月はひとつため息をつき、刀を振り上げた。

「ぎゃあっ」

逃げられないように膝を砕いておく。そのまま境内に飛びおり、あと二人に走り寄った。

「うわっ、うわっ！」

一人は持っていた木刀を捨て、逃げ出した。兎月は放っておいた。いずれ大五郎たちが捕まえるだろう。

もう一人は感心なことに向かってきた。道場で指南を受けたか、まっとうな太刀筋だったが実戦を積んだ兎月の相手ではなかった。

直進してくる刀を是光で弾き上げ、開いた胴を蹴り飛ばす。刀を使わなかったのは肋骨を折るのを避けたためだ。それでも相手は息が止まったのか、転げ回って激しくせき込んだ。

「ツクヨミ、もう他にはいないか？」

兎月は境内のあちこちで匂いを嗅ぐような真似をしているうさぎに言った。

うさぎはすぐに戻ってきて兎月の懐に入る。

「境内には誰もいない。逃げたものも捕まっているようだ」と小声で告げる。

「よし」

兎月は刀を納めると、膝を押さえてひいひい言っている名張のそばによった。這って逃げようとする胸ぐらを摑み上げる。

「リズはどこだ？」

「うう」

名張は顔を歪め、それでも憎々しげに唇を嚙みしめ首を振った。

「――土方副長直伝の拷問を味わってみるか？」

「ひぃぃぃっ！」

その一言で、名張は震え上がって口を開いた。

三

月が草原を照らし、草の輪郭を光らせている。すでに二時間ほども歩いたはずなのに、この草原から出ることができない。

リズはもう走っていなかった。重い足を引きずりのろのろと歩いている。

「もうやだ」

リズは顔を上に向け、月に向かって叫んだ。

「もうやだ、もうやだ、もうやだ！　もう歩きたくない！」

どさりと草の上に仰向けになり、手足をバタバタと動かした。

「やだやだやだやだ！　足痛いよ！　おなかすいたよ！　寒いよ！　怖いよ――――！」

気のすむまで怒鳴って深くため息をつく。答えるものは誰もいない。

横になっていると頭の後ろから大きな手が伸びてきて、そのまま地面に引きずりこまれるような気がした。その手の持ち主は睡魔だ。

「えいっ」

リズは大きな声で気合いをいれ、跳ね起きた。

「泣きごと言ったって誰も慰めてくれないわよ、リズ」

自分で自分を叱咤する。

「逃げるって決めたのはあんたじゃない」

「わかってるわよ、そんなの。すぐに町に戻れるって思ってたんだもの」

一人二役をやって足を動かす。

「方向はあっているはずなんだから、頑張って歩こう」

「そうね」

お気に入りの赤いブーツはもう元の色がわからないくらい泥だらけになっている。深いぬかるみに足をとられ、抜けなくなったこともあった。

それでももう一歩、もう一歩とリズは進んでいった。

兎月はうさぎ姿のツクヨミを懐にいれ、白陰を飛ばして市外に向かっていた。名張から聞き出した場所は五稜郭の東、三里あまりも駆けた方角だった。

水はけが悪く農地に向いていないので、人もあまり住んでいないという。

その地には鶴がよく飛来する。江戸幕府があった頃は禁猟鳥だった鶴は新政府になってから規制が緩み、明治二十五年までに乱獲が進んだ。その鶴を獲るための猟師小屋があり、リズは仲間と共に小屋にいると話した。

もちろん新撰組式の拷問を試す前にぺらぺらと自白したものだ。

おおかた聞きだしたあとは、男たちを寺の境内の木に縛り付けた。逃げ出した男も大五郎たちが捕まえて寺に引き立ててきた。このあとは警察を呼び処分を任せる。

パーシバルは市外に向かうという兎月に同行したがったが、足手まといになると兎月があっさり撥ね退けた。

ツクヨミはすぐに聞いた場所のあたりに神使たちを飛ばしたが、まだリズを見つけたという報告はない。

「リズは無事だろうか」

兎月の胸のうちでうさぎが呟く。

「大事な人質だ、傷つけられてはいないさ」

「リズは……もしかしたら我が助けにこないと思っているかもしれん」

うさぎがしおれた声を出した。

「おまえ、今朝の喧嘩のことを気にしているのか」

「こんなことになるなんて思ってもいなかったのだ」

「そりゃあリズだって思ってなかっただろう」

兎月は馬の速度を落とさず、前を向いたまま答えた。

「リズの言うとおり、我は寂しいのかもしれん。兎月やパーシバルの他に我とこんなに話してくれるものはいなかった……こんな感情を持つのは初めてでどうすればいいのかわからぬのだ」

ツクヨミはどこか不安そうな声を出した。

「そうだな、おまえ、最初に会ったときより笑ったり怒ったりするようになったな」

「そうか」

「そうだよ、最初は小生意気ないけすかないチビだと思っていたからさ」

兎月が目覚めたばかりのとき、ツクヨミは実にえらそうに「神使になれ」と言ってきたのだ。そのことを思い出し、兎月は頬に笑みを刻む。

「今は？」

「今はそうだな、わがままですねん坊で食いしん坊で泣き虫で怒りん坊で……」

「おい」

ツクヨミが懐の中で腹を蹴る。

「俺は気に入っているよ」

「……」

ツクヨミが黙り込む。どんな顔をしているのか見ることはできないので、兎月は手を懐に入れて頭を撫でようとした。そのとき、

「——あ」

ツクヨミが懐の中で耳をぴんっと立てた。

「どうした？」

「リズを見つけた」

ツクヨミが飛ばしていたうさぎからの報告だ。リズに一番懐いている、皐月うさぎだった。

「ほんとうか？　どこだ？　誰かと一緒か？」

「いや、一人だ」

ツクヨミは神使のうさぎの目を借りて風景を見ることができる。今その目でリズを見

ているのだろう。

「やつらの仲間はいないのか？　四人残っていると言っていたが」

「一人だ。今、皐月が向かっている」

「そうか。ならすぐに見つかるな」

兎月は馬の腹を蹴った。馬は鼻から白い息を吐き、速度を上げた。

白い息が目の前の闇をぼやかしたとき、リズはにじんだ視界の中に信じられないものを見た。

それは土塀に囲まれた大きな屋敷だ。

「町だ！　町についたんだ！」

元気だったら飛び上がっているところだろう。リズは土塀に手を当てて正門を目指した。

正門は白木(しらき)でできていて、リズが手を触れる前に内側に開いた。吸い込まれるように中に入る。広い前庭には飛び石が置いてあり、玄関までつながっていた。武家屋敷のようにも見える。

その玄関も開きっぱなしだ。

「こんにちはー、こんばんはー！」

リズは框に膝をついて奥へ呼びかけた。しかし誰も返事をしない。

「お留守ですかー、はいりますよー」

もしかしたら空き家なのかもしれない。こんな草っぱらに一軒だけぽつんと立っているのもおかしい。

「こんばんはー……」

声は長い廊下に吸い込まれ、響くこともなく消えていった。中は暗くて奥まで見えない。

リズはブーツのまま廊下に上がった。もし空き家ならなにか動物も入り込んでいるかもしれない。

土足で家に上がるのは日本育ちのリズにとっては罪悪感の最たるものだったが、いつでも逃げられるようにしておかなければならない。

「まっくらだわ……」

コトンコトンとリズのブーツが木の床を叩く音しかしない。左側は雨戸が閉まっている。右側は白い障子だ。明かりは見あたらないが、目が慣れてきたのか家の中がほんのりと見えるようになった。

「誰もいないのー？」

もう一度大きな声を上げてみたが、やはり応じるものはいない。風が吹き込まない分、寒くはないが、しんしんと冷えてくる。

「やっぱり空き家だわ……とりあえずなにか羽織れるものないかな」

廊下を進んで行くと障子の開いた部屋があった。覗くと畳の上になにか置いてある。リズは部屋に入りそれに触れて驚いた。柔らかくて暖かい、この手触りは知っている。

「わあ！」

羊毛の毛布（ブランケット）だった。リズは大急ぎでそれを広げると肩から羽織った。抱きしめられたように背中が温かくなる。

「お借りしますねー」

リズは廊下の奥に向かって大声を上げた。

「うれしいなあ。これであったかいココアとかあるといいのにな」

思わず呟いたとき、コトリと背後で硬いものがぶつかる音がした。振り向くとそこには赤いお膳があり、その上に湯気のあがったカップが乗っている。

「ココア！」

リズはカップにとびついた。手のひらで包むとかじかんだ指に温かい。

「わあ、チョコレートの香り……すてき」

リズはそれに口をつけようとしたが、いったん止めた。

「……わたし、マシュマロが入っているココアが好きなんだけど」

そう言ったとたん、ぷくりとマシュマロがココアの表面に浮かんでくる。

「これは――やっぱり普通のおうちじゃないわよね」

リズはふうふうとココアの表面を吹いてちらっとなめてみた。舌先の甘さは確かにココアだ。もう我慢ができない。

ゴクゴクと一気に飲む。喉からおなかにかけて温かい飲み物が滑り降り、体中の疲れが抜け落ちてゆく。

「ああ……」

あまりのおいしさに涙が出てきた。リズは目を閉じたまま叫んだ。

「嬉しい！　あとはパンケーキと桃のコンポートとチキンのグリルとシフォンケーキとローストビーフと……！」

コトンとまた音がした。期待を込めて目を開けると、そこにあったのは笹の葉の上に置かれた握り飯がふたつだけだった。

「……ごめんなさい。調子にのりました」

リズは姿の見えない屋敷の住人に頭を下げた。

「まあそうよね、そんな贅沢はできないわよね」

リズはしゃがむと握り飯を手に取った。まだ温かい。ふわりと白米の香りがする。

「いただきます」

消えては大変とリズは大きな口を開けて握り飯にかぶりついた。塩の味だけのシンプルなものだったが、飢えた体にはなによりのご馳走だ。

「んっ、んっ」

右手と左手の両方に握り飯をもって食べるという行儀の悪さだったが、とがめるものもいない。リズはどちらかが消えないようにと代わりばんこに口をつけた。頰にいっぱいに詰めて懸命に咀嚼（そしゃく）する。

「おいしい、おいしい！」

手の中のおにぎりはなかなか減らない。リズは満腹になるまで食べ続けた。

「あー、おなかいっぱい」

指についたご飯粒をなめとり、リズは畳の上に足を投げ出した。仰向くと高い天井が見える。

「このおうち不思議ねえ。なんでも欲しいものが出てくるんだわ」

なんでも……？

もしかしたら一番欲しいものも？

頭をよぎった面影が消える前に懐かしい歌声が聞こえた。

「うそ……」

リズははっと顔を上げ、耳をすました。気のせいではない、歌声は続いている。

リズは耳に手を当て、部屋の中をくるくると回った。

「……ここっ」

東側の襖を勢いよく開ける。

そこは和室ではなかった。板張りの床に大きなガラスのはまった西洋窓。壁には薄い緑色のペイズリー柄のクロス。

床の上には色鮮やかなラグが敷かれ、その上にベッドが置かれている。羽毛の枕がいくつもおかれ、それに埋もれるようにして金色の髪の女性が横たわっていた。

歌はその女性が歌っていた。

「うそ……うそよ」

リズは口に両手を当てた。そうしないと叫び出しそうだったからだ。

女性がこちらを向いた。青白い肌に色のない唇で微笑んでいる。それでも世界で一番美しい人。

「リズ……」

一番ほしいものは――。

「ママ……」

夢に見て、夢から覚めて、泣いてしまう。

「リズ……わたしの天使」

女性が、母が細い腕を伸ばした。レースのネグリジェの袖が大きくて肘にまで下がってしまうほど痩せた腕。そして世界一優しい手。

「おいで、リズ」

「ママ」

ふらり、とリズは体を揺らした。母のベッドの向こうにある窓から光がいっぱいに入ってくる。その光に照らされて母親の髪が金色に輝いていた。

「ママ！」

リズは母親の腕に飛び込んだ。柔らかく温かな母の胸。かすかなクレゾールの匂い、頬を滑り落ちる長い金髪。

「ママ、ママ、ママア――ッ」

クリスマス前に体調を崩し、暖かな療養所へ行った彼女とは半年ぶりの再会だった。

「ずっと、ずっと会いたかったのよ、ママ！」

リズは母の腕の中でわあわあと赤ん坊のように泣きじゃくった。


「ツクヨミ、皐月はリズに会えたか!?」

兎月は懐のうさぎに向かって怒鳴った。先ほどまであっちだ、こっちだと指示していたのに急に黙り込んでしまった。

「ツクヨミ？」

「それが――」

ツクヨミがおろおろとした様子で頭を左右に振る。

「リズに声をかける前に姿が見えなくなったのだ」

「なに!?」

「さっきまで皐月の目を通して上空から姿を見ていたのに、急に消えてしまった」

それを聞いて兎月は馬の手綱を引いた。白陰は高いいななきを上げて足を止める。

「どういうことだ？　見失ったのか？」

「そうだ。今、神使たちが見えなくなったあたりを探しているのだが……」

「くそっ」

兎月は一度馬をぐるりと回してあたりを見回した。月の光で草は白く見えてはいたが、地面の方は真っ暗だ。

「この近くなんだろう？　降りて探そう。もしかしたら沼や穴に落ちたのかもしれん」

「いや……」

ツクヨミは言ったが小声だったので兎月には聞こえなかったようだ。すでに馬を降り、手近の木に手綱を結んでいる。

「そうではない。存在が消えたのだ……まるで別な世界に行ったように」


リズは母の膝の上に顔を伏せ、優しい手が髪を撫でる感触を楽しんでいた。

「ママ……」

とろとろと甘い眠りが寄せてくる。

「ママ、わたし函館に来ていろんな不思議なことに会ったのよ……」

その眠りを瞬きではねのけてリズは続ける。

「小さな神様に会ったし、見えないうさぎさんたちとも遊んだし、サーカスの舞台にも出たのよ。忍者さんの手裏剣(しゅりけん)投げの的になったの。信じられる？」

母の手は変わらず動いている。

「こないだは知らない女の子の夢の中にもはいったの。その子を夢から起こしたのよ。それから頭に桜が生えた人も……」

ふふっとリズは笑った。

「でも……一番不思議なのは……」

リズは思い切って頭を起こした。体が重いのはこのままここで母と一緒にいたいと心が泣いているからだ。

「ママがここにいること……」

母親は不思議そうな顔でリズを見つめる。青い瞳はリズと同じだ。

「このおうちの人はとても優しいのね。毛布もくれたし、ココアもくれたし、おにぎりもご馳走してくれたわ。そしてママにも会わせてくれた」

「ええ。ママはリズに会えて嬉しいわ」

その微笑みにリズはきゅっと唇を結んだ。目の奥が熱くなり、涙が溢れてきたことがわかった。

「――わたしも。とても感謝してる。でも、これは本当じゃないの。たぶん、わたしはここにいちゃいけないの」

「リズ……」

「ごめんなさい。わたし、いかなきゃ」

リズはベッドから降り、一歩離れた。

「わたし、明後日横浜へ帰るの。そこでママが帰ってくるのを待つの。そのためにもここから出なくちゃ」

「リズ……ママを置いていくの……？」

母が両手を伸ばす。青い瞳が悲しそうに見つめてくる。リズは断ち切るように目を閉じて首を振った。

「ママに……わたしの本当のママに会うために……ごめんなさい。ありがとう」

ひゅうっと冷たい風が頬を打つ。はっと目を開けるとリズは暗い草原にいた。

「あ……」

どこにも屋敷はない。暖かな部屋も母親も。

「ああ……」

リズはがくりと膝をついた。

「ママ……ママ……」

さっきまでこらえていた涙が目の縁を越えて盛り上がり、ボタボタと地面に落ちる。

「ママ、ママアアアアア――！」

喉が裂けても構わない。だって今までで一番辛い決断をしたのだもの。

「うわあ――あ――ん、あああ――っ」

あのままあそこにいたかった。ママの腕に抱かれて眠りたかったのに。

「あ――ん、あ――あ――あ――」

どこかで獣がリズの泣き声にあわせて細く長く吠え始めた。

四

「今、リズの泣き声が聞こえなかったか？」

兎月の足下で跳ねていたツクヨミが、後脚で立ち上がって言った。

「いや、俺には聞こえなかった」

「この近くだと思うのだが……」

ツクヨミは空を見上げた。夜空に白い筋を引いてうさぎたちが飛んで行く。彼らもリズを見つけようと必死だった。

「この草がリズの姿を隠してしまうんだ」

兎月は手にした是光で草をばさばさとかきわけた。刀に感情があれば扱い方が雑なことに腹を立てるかもしれない。

「こんな寒空に一人きりで不安だろう……可哀そうに」

ツクヨミが呟くと兎月がくるりと振り向いた。

「そう、それなんだが……なんでリズは一人なんだ？」

「なぜ、とは？」

兎月は是光を肩に乗せた。

「仲間が四人いたんだろ？　リズは大事な人質なのになぜこんな場所に一人にしておくんだ」

「もしかしたらリズは逃げ出したのかもしれんな」

「ああ……」

兎月は苦い顔でうなずいた。

「あのお転婆(てんば)ならありえるな」

「四人の仲間もリズを見失っているのかもしれぬ。彼らと遭遇することもある。気を付けろ、兎月」

それに兎月はふんと鼻を鳴らした。

「自分の神使を信用しろ。ごろつきに後れをとりゃしねえさ」

「あっ！」

ツクヨミがいきなり大声を上げた。兎月が思わずたたらを踏む。

「ど、どうした！」

「いた！　リズだ！　見つけた！」


しゃくり上げ、洟(はな)をすすり、リズはなんとかして泣き止もうとしていた。震える息を吸い上げると胸が痛くなる。

「泣くだけ元気なのよ……」

以前、叔父のパーシバルから教わった。人は絶望の淵に立つと泣くこともできなくなるという。だから。

「大丈夫……わたしは大丈夫」

ごしごしと目を擦るとリズは月に向かって白い顔を上げた。そのとき目の前に人の姿を見た。

「誰……」

それは答えなかった。答えることができなかったのだ。なぜならその顔は腐り、顎が崩れ落ちていたからだ。

「きゃあっ！」

死人だ、とリズにはすぐにわかった。ドルイドの血を引くリズは見なくてもよいもの、見てはいけないものも視える。それが人間以外のものだとわかったときは極力無視をしなければならない。自分たちが見えるとわかると寄ってくるものもいるからだ。

だが、今はいきなりのことだったので、リズは普段通りにできなかった。その霊に反応を返してしまった。

霊はゆらゆらと体を揺らしながらリズに近づいてきた。

「いやっ！　あっちへ行って！」

リズは地面から草を引き抜くと、それに投げつけた。だが土を根に絡ませた草は、それを素通りしてしまう。

立ち上がろうとしたが膝から下が痺れたようになって動かない。リズは手と尻でじりじりと後ろへさがった。

「いや、いや……」

男の霊がリズの上に覆いかぶさろうとした。腐った顔が近づき、リズは悲鳴を上げた。

その瞬間、男の姿が砕け散った。

「ひ、……？」

リズは消えた男の背後に別な男が立っていることに気づいた。

その人は抜き身の刀を持っていた。それを一振りすると鞘に戻す。その刀が今襲いかかろうとしていた霊を祓ったのだとリズは察した。

洋装の男性だった。黒いブーツに黒いズボン、黒いチョッキに黒いコート。そして月の光の下で輝いているような白いスカーフ。

軍服らしいというのはわかった。

豊かな黒髪を後ろに撫でつけ、白い額をあらわにしていた。柔和な顔立ちで微笑んでいる。

「だあれ……」

その人はなにも答えずただ指を空に伸ばした。その指先に視線を向けると白い光がこちらへ向かって飛んでくる。

「あれは――」

リズは立ち上がった。あの光は知っている。

「うさぎだわ！　皐月だわ！」

リズは両手を挙げてその場で飛び跳ねた。

「こっちよ！　こっち！」

白い光はほうき星のように尾を引いてリズのもとへ直進してきた。リズは両手を広げて迎え入れた。

「皐月ちゃん！」

『リズ！』

一人と一羽は抱き合ってくるくるとその場で回った。

『ヨカッタ　ミツケタ　リズ！』

「探しに来てくれたのね、皐月ちゃん！」

『カミサマモ　トゲツモ　イル』

「ほんと！　よかった！」

リズはうさぎが跳ねる方向へ駆け出そうとして、「あ」と振り向いた。今、助けてくれた人にお礼を言うことを忘れていた。

「あの、」

しかし、月の下にはもう誰もいなかった。

「ツクヨミー！　サムライー！」

白いうさぎと一緒にリズが金色の巻き毛を月の光に光らせて駆けてくる。

「リズ！」

ツクヨミうさぎも飛び跳ねてリズのもとに駆け寄った。

「ツクヨミ！」

胸にうさぎを抱き留めてリズは頬ずりする。ツクヨミうさぎは前脚をリズの肩に掛け、パタパタと耳を振った。

「よかった、心配したぞ」

遅れて兎月も到着する。しゃがみこんでリズの背を叩くと、リズはわっと泣いて兎月の胸に飛び込んだ。

「こ、怖かった、寒かった、もう帰れないかと思った……」

安心してわあわあと泣き始めるリズの頭を兎月は優しく撫でた。

「大変な目に遭ったな。どうして一人でこんなところにいるんだ」

兎月の問いにリズは着物の衿(えり)を摑んだまま、盛大に洟をすすり上げた。

「……逃げ出したの」

「やっぱり」

兎月は軽くため息をつく。

「おまえが一人でいるとわかって、そうじゃないかと思ったんだが……無茶しやがる」

「だって」

「俺たちが必ず助けに行くんだからおとなしく待っていればよかったんだ」

「だって！」

リズはツクヨミを抱いたまま、じたばたと足を踏みならした。

「叔父さまに迷惑かけたくなかったんだもん！」

「そっか」

泥だらけの手で目を擦ってリズは無理矢理のような笑みを作った。

「それにいろいろあったけど最後にはツクヨミやサムライに会えたんだからいいでしょ」

「いろいろ、な」

きっと大冒険をしたのだろう。泥だらけの姿がそれを物語っていた。

「ツクヨミ、来てくれてありがとう。わたし、あなたを怒らせたから来てくれないかもと思って心細かった」

「神は人間の些細な失敗ごときで怒らぬ」

ツクヨミうさぎはぷいっとリズから顔をそらす。リズはその柔らかな耳に頬を押しつけた。ツクヨミは嫌がらずにじっとしている。

「そういえば途中でおぬしの気配が消えてしまった。どこか妙な場所に入り込まなかったか？」

「うん……信じてた」

ツクヨミに聞かれ、リズは自分の足下に目を落とした。

「……入った。不思議なおうちがあって、そこで……」

「うん？」

「ママに会った」

ツクヨミは首を横にしてちょっと考える顔になる。

「療養中の母親に？」

「うん……ずっと一緒にいてって言われたけど……わたし、本当のママに会うから帰るって言ったの」

リズの目に再び涙がこみ上げる。

「とっても優しかった」

「迷い家(まよいが)か……」

ツクヨミが呟いた。リズは目を瞬かせて涙を払う。

「マヨイガ?」

「ああ、山や草原に突然現れて迷った人間をもてなす屋敷だ。戻れなくなることもあるという……リズ、よく心を強く持ったな」

ツクヨミがうさぎの前脚でリズの頬を撫でる。リズは照れくさそうに笑った。

「それから――おばけに襲われそうになったけど、お侍さんに助けてもらったの」

「お侍さん?」

今度は兎月が聞き返した。こんな草原に侍だと?

「軍服の洋装だったけど、あれはお侍さんだわ。刀を持っておばけを斬ったの。斬られたおばけは水が飛び散るみたいに消えちゃった。その人は皐月ちゃんが飛んできたのも教えてくれたのよ。あの人たぶん、生きている人じゃないと思うけど」

「軍服の――侍の幽霊?」

ふと頭をよぎる面影があったが、まさかそんなことはあるまいと兎月は首を振った。

ツクヨミうさぎがちらっと意味深な目で見上げたことには気づかなかった。

「よし、帰ろう。パーシバルが心配のあまり砂になっちまう前にな」

兎月がリズを抱き上げたとき、向こうの茂みでガサガサと音がした。先ほど襲われたリズは、怯えて「きゃっ」と兎月にしがみつく。

「誰だ!」

兎月はリズをさっと降ろし、前に立ちはだかった。そこへ転がるように飛び込んできたのは全身泥まみれの若い男だった。

「た、助けて……っ」

男は今にも死にそうな顔色で、兎月の足下に倒れた。かすかに小便の匂いがする。

「なんだ、おまえ」

「あ、その人……」

兎月の背後にいたリズが指を差す。

「わたしをさらった人の仲間よ」

「なんだと!?」

兎月は男を地面から引きずりあげた。

「てめえ、名張の仲間か」

「な、名張さん……?」

その名に男の顔から緊張が抜ける。

「名張さんを知っているのか」

「ああ、やつは俺たちで捕まえた。てめえも仲間なら一緒に警察へ突きだしてやる」

「え、……」

若い男はその面に一瞬怒りや絶望めいた感情を乗せたが、すぐにそれを消して兎月にすがりついた。

「な、なんでもいい、警察の方がましだ！　助けてくれっ、俺をここからつれてってくれ」

「どういうことだ？」

「ゆ、幽霊が襲ってくるんだ。他の仲間はそいつらに取り込まれちまった」

「幽霊？」

兎月はちらっと背後のリズに目をやった。

「おまえが言っていたおばけってやつか？」

「そうかも。おばけ、そんなにたくさんいるんだ」

男は何度も後ろを振り返り、唇を震わせながら言った。

「日出吉が言ってた。このあたりは夜になったら人は寄りつかねえって。おっかないもんが出るって。俺、そんなこと信じてなかったんだけど、その娘っこを探しに外へ出てたら、化け物どもが寄ってきやがるんだ」

男はぶるぶると体を震わせた。異臭がするのはきっと恐怖で洩らしてしまったのだろう。

「みんなバラバラになって逃げた。俺はなんか声が聞こえたからこっちへ――」

「とにかくここから離れよう。おまえ、名前は？」

「ゆ、勇作です」

男はおそらく百姓の出だろう。丸顔でどことなく人の好さそうな顔をしている。

「よし、勇作。付いてこれるか？」

「へ、へい」

兎月はもう一度リズを抱き上げると走り出した。ツクヨミうさぎはちゃっかりとリズの腕の中に抱かれている。皐月うさぎは空を飛んで他のうさぎたちと合流した。

「ツクヨミ、リズやあいつのいうおばけってやつ、心当たりあるか？」

「おそらく怪ノモノだろう」

ツクヨミは冷静な口調で言った。

「怪ノモノ？　やつらは山からくるんじゃねえのか？」

「山から下りて町へ紛れるものもいれば、町を素通りして野に放たれるものもいる。ここは湿地でいたるところに水が溜まっている。怪ノモノたちも水に〝たまる〟のだ」

よくわからない理屈だがツクヨミが言うのなら間違いはない。

「そうか。だが怪ノモノなら俺が斬れるな」

「ああ。だが、気をつけろ。さっきも言ったがここは湿地で足場が悪いぞ」

「そんなものは――」

言っているそばから水たまりに足をつっこんでしまう。泥に足首までもっていかれた。

「くそっ」

「サムライ、わたし自分で走れるわ」

リズがそう言って兎月の腕の中から降りた。ツクヨミも地面に飛び降りる。

「すまねえ」

兎月が足を引き抜いたとき、背後で「ひゃあああ」という、空気が抜けたような悲鳴が聞こえた。勇作だ。

振り向くと勇作の背中に男が一人張り付いている。顔全体が塗りたくったように泥で汚れ、目はうつろだった。開いた口の中にも泥が入り込んでいる。

「兎月！　怪ノモノだ！　怪ノモノに憑かれている！」

ツクヨミが叫んだ。

「その人もかどわかしの一味よ！」

リズも叫んだ。

「日出吉、日出吉ィッ」

男を背中に乗せたまま勇作が情けない声を上げている。

「どうしちまったんだよ、なんでそんなになってんだよ」

泥だらけの顔を擦りつけられた勇作が泣きわめいている。どうやらこの場所について忠告していた友人らしい。

兎月は日出吉という男を勇作から引きはがした。地面に放り投げると、日出吉は仰向けのまま手足をばたばたと動かす。まるでひっくり返されたコガネムシのようだ。

「是光、来い！」

兎月は刀を呼ぶと鞘から抜き放った。

「わああ、やめてくれ！　日出吉を殺さないでくれ！」

勇作が兎月の腰にすがりつく。それを蹴り飛ばし、兎月は容赦なく刀を振るった。ガツンと日出吉の方に振り下ろす。男の体から黒いものが煙のように噴き上がった。

「殺すんじゃねえ、とっ憑かれたものを追い払っているんだ」

「と、とっ憑かれたもの⁉」

「そいつはもう大丈夫だ。背負えるか？」

兎月が言うと勇作は「へえ」と友人を抱き起こそうとした。だが、日出吉は目をぎろりと開け、跳ね起きると兎月に襲いかかってきた。

「この野郎！」

兎月はもう一度刀を振るった。今度は胴に叩き込む。再び黒いもやが飛び散る。

「ツクヨミ！　どうなっているんだ！」

「数が多い」

ツクヨミは耳を激しく震わせながら言った。

「一体出てもすぐに次のが入る。早くここから出た方がいい」

「う、うさぎがしゃべった……」

勇作はもう気絶しそうな顔色だった。ここで気を失われるとそこに怪ノモノが入って面倒なので、兎月は勇作を蹴とばす。

「おまえはそいつを背負って走れ！　余計なことは考えるな」

「ひえええっ」

勇作は日出吉を背負うと駆け出した。草むらから染み出るように影たちが現れる。

「おまえらに用はねえ！」

兎月は叫んで是光を振り回した。刀の先が当たると怪ノモノはそのまま散ってゆく。

水にたまっていた怪ノモノは意識も薄れているのか他愛なかった。

だが、数が多い。

「ヒイイイッ」

笛のような甲高い声を上げて今度は実体のあるものが襲いかかってきた。おそらくはかどわかしの一味だ。怪ノモノにとり憑かれている。

「くそっ！」

兎月は是光でその男も斬る。怪ノモノを散らされた男は棒を飲んだように硬直して倒れた。だが、すぐに起き上がる。新しい怪ノモノが入り込んだのだ。

「キリがねえ！　今は逃げろ！」

兎月はリズや勇作をせかして走らせた。道案内は空を飛ぶうさぎたちだ。白陰が待っている道の方を示してくれる。

足下で泥を含んだ水が撥ねる。兎月たちのあとを憑かれた男が追いかけてくる。

兎月は舌打ちし、横に走って是光を振りかぶった。

「こっちだ！　来い！」

兎月の声に男がよろよろと寄ってくる。

「そうだ、こっちへ来い」

リズや勇作たちから引き離そうと兎月はじりじりと移動した。その足がいきなりずぶりと沈む。

「うわっ」

また泥に足をとられただけかと思ったら、両足がずぶずぶと沈んでゆく。

「な、なんだ、これ！」

「兎月！」

ツクヨミが戻ってきて叫んだ。そのときには兎月の体は腰まで水の中に沈んでいた。

「泥沼だ！　近づくな！」

兎月は両手で乾いているところを探った。だが、手で触れられる範囲はすべてぬかるみ、体がどんどん沈んでゆく。

「くそっ」

目の前に怪ノモノに支配された男が来る。兎月は刀を振るってその足を払った。どおっと倒れた男の後ろから、もう一人、とり憑かれた男が姿を現す。

「兎月！」

ツクヨミが沼の縁で叫ぶ。

「兼定は持ってきているな!?」

急にその名を出され、兎月はぎょっとした。土方の折れた刀を短刀に打ち直したものだ。常に懐には入っている。

「も、持ってきているが、なんだよ」

「兼定でもう一度土方を呼ぶ。助けてもらおう」

「なんだと!? パーシバルはいねえぞ！」

「リズがいる」

その言葉に兎月は動きを止めた。

「リズと兼定を依り代にして土方を降ろす」

「ふ、」

兎月は自分の周囲の水を激しく叩いた。

「ふざけるな！ ひ、土方さんをリズに……っ！ そんな馬鹿なこと……ッ」

「ヒジカタってなに？ ツクヨミ」

リズが不安そうに聞く。

「おぬしの見た洋装の軍人だ。皐月の目を通して見たから間違いない。あの男が近くにきている」

ツクヨミは頭上でぐるぐると回っているうさぎたちを見上げて言った。

「あの人……」

「やめろ！　そんなの俺が見たくねえ！」

兎月は泥を撥ねさせて叫んだ。

「このままだと死ぬぞ！」

「死んでも断る！」

怪ノモノの入った男が二人、近づいてくる。兎月は下半身の動きがとれないまま、刀を振り回した。

「ツクヨミ！　リズを連れて逃げろ、俺は自分でなんとかする」

「なんとかできぬだろうが！」

「パーシバルだって許せねえんだ。この上、リズになられた日にゃあ……」

「あ、あの、サムライ。わたしなら平気よ」

「だめだ！」

そう言っている間に男たちは兎月のすぐそばにきた。手に大きな石を持っている。兎月は刀を必死に振り回したが、男は石で刀を受け止め、もう一人が兎月に向かって石を投げつけた。

「兎月！」

石は兎月の額に当たった。血が噴き出し、ぐらりと世界が回った気がした。

「く、そ、」

血が目の上を流れ開けることもできない。

「兎月！　兼定を！」

「うう……」

左手を下げ沼の中で懐を探る。ここで自分がやられれば、リズも危ない。ツクヨミの言っていることは正しい。

だが、こんなふうにあの人を利用することは、なにより、幼い少女の中に土方を呼ぶことが兎月には許せない。

「くそ……」

いったい、いつまであの人に頼るつもりだ。俺が、俺自身の力でなんとかしねえとあの人に認めてもらえない。しかし、切羽詰まったこの状況では……。

そのとき、目の前に縄が放り投げられた。

「え……」

石を抱えた二人の背後からもう一人の男が現れた。男は旅姿で首に薄手の布を巻きつけている。彼は長い棒を風車のように振り回し、とり憑かれている男たちをあっという間に打ちのめした。

「だ、誰だ！」

「俺だよ」

男は振り向いたがその顔に覚えはない。目つきは鋭いが垂れた眉に愛嬌があり、頑丈そうな四角い顎をしていた。兎月より三つ四つばかり年上に見える。

眉をひそめる兎月に、男は首に巻いていた襟巻を鼻の上にまで引き上げて見せた。大きな口が隠れると見覚えのある顔になる。

「あっ、てめえ！」

「忍者さん！」

兎月の背後でリズが歓声を上げた。龍王座曲馬団にいてリズを手裏剣の的にした忍者だ。確か黒木という名だった。

「さっさと縄を使え！」

忍者が叫んだ。兎月は縄を引っ張った。なにかに結びつけてあるのか、それはしっかりと手応えがあった。

「ううっ！」

兎月は縄にしがみつき、体をよじりながら泥沼から這い上がる。

忍者は兎月の前に立ち、自分も沼に落ちるのを注意しながら、再び起き上がってきた男たちの相手をしていた。

兎月はようやく泥沼から這い上がると刀を振るった。是光には泥のひとつもついていない。

「どけっ！　そいつらはこの刀じゃないと成仏しねえ！」

兎月の声に忍者はあっさりと場を明け渡した。兎月は忍者の横を駆け抜けると刀を十字に振るって二人を同時に倒した。

「こいつらをこの場所から離さないと怪ノモノにとり憑かれてキリがねえ。悪いが手を貸してくれ」

「わかった」

兎月と忍者は倒れた男を一人ずつ肩に担ぎ、うさぎたちのあとを追った。

やがて白陰を止めておいた場所まで戻ることができた。兎月も勇作もぜえぜえと荒い呼吸をしていたが、忍者の黒木は平気な顔をしていた。

「助かったぜ……でもなんでこんなところに」

「曲馬団から抜けたんだ」

　黒木は襟巻を顔から外し、夜の中を遠く見つめた。

「森町、鹿部まで行ってたんだが、俺の契約はそこまでだったんだ。これから本土に戻ろうと山を越えてきた。この道は函館までの一本道だ。で、ここまで来たら馬がつないであるじゃないか」

　馬には「宇佐伎神社神馬」という札が下げられている。黒木はその札を手にした。

「こんな夜中にこんな場所に神馬が止めてある。なにかあったんじゃないかと探しにきたんだ」

「そうか」

　兎月は地面にしゃがみこんだ。

「なんにしろ、助かった……」

　二重の意味で兎月は感謝した。彼が来てくれたからリズに土方が降りるなどという神業を見なくてすんだ。

「ありがとうよ」

「しかし、今のはなんだったんだ？」

　黒木は長い棒をくるくると回した。よく見るとそれは斬り落とした木の枝だった。

「あれは――怪ノモノだ」

「怪ノモノ？」

「山から下りてくる人の念のこごったものだ。このあたりの水にたまっていて、人と見ると襲いかかってくる……」

「ほう」

兎月はしゃがんだまま黒木の顔を見上げた。

「と言ったら信じるか？」

「人ではないな、と思ったからな。なんだ、神社ってのは大変なんだな」

「まあな」

黒木とは話しやすいな、と兎月は思った。たぶんこの男も新しい時代の端っこを歩いている人間だからだろう。曲馬団で忍者なんかの仮面をかぶっているくらいだ、刀を手放せない侍のたぐいだ。

兎月は勇作と日出吉、それに気絶させた二人を黒木の持っていた縄で縛り上げた。

「あとで警察を寄越す。それまで待ってな」

「そ、そんな。こんなところに置いていかないでくださいよ」

勇作は泣き声を上げた。

「大丈夫だろ」

兎月は道の傍（かたわ）らを指さした。顔も崩れてよくわからないが小さな地蔵が立っている。

「お地蔵さまが守ってくださる。万が一とり憑かれても縛られていたらなにもできねえよ」

白陰にはツクヨミを抱いたリズを乗せ、自分は手綱を引く。

安心したら眠くなってきた。泥の中で駆け回るのはかなり体力を消耗する。

大きなあくびをしながら、兎月は黒木と一緒に函館の市街を目指した。


リズを無事にパーシバル邸に届けたあと、警察に残りの男たちを預けた。黒木は町に入ったときには姿を消していた。

兎月は宇佐伎神社に戻り、泥だらけの着物を脱ぐと水を浴びた。着物の中も、下穿（したば）きまで泥がしみこんでいる。

「つめてえ！」

手ぬぐいでざっと体を擦り、素っ裸のまま布団へ飛び込む。うさぎから抜けたツクヨミも布団に入ってきた。

「今日は大変だったな」

「ああ……」

もうまぶたがくっつきそうで、兎月は短く答える。

「リズが無事でよかった」

「ああ……」

「お疲れさま」

「……」

すうすうと兎月の寝息が応える。ツクヨミは苦笑し、自分も兎月の真似をして目を閉じた。


同じ頃、パーシバルも姪のベッドサイドに座っていた。リズは唇を突き出すようにして深い寝息を立てて眠っている。わずか一日で目の下にくまが浮き、丸い頬がそげている。

「かわいそうにリズ。怖い思いをさせてしまいマシタ」

風呂を使い、きれいに梳かされた金髪に指先を絡める。

パーシバルと再会したリズは大泣きに泣いて泣き疲れて抱かれたまま眠ってしまった。揺すっても起きなかったので女中たちが眠ったままのリズを風呂に入れ、寝間着に着替えさせ、ベッドに運んだのだ。

「安心したのでしょう」

呼ばれた医者は笑顔でそう言った。

「膝の怪我は擦り傷程度、具合の悪いところもなさそうです」

そう言われほっとした。リズは明後日横浜へ帰る。傷ひとつなく、楽しい思い出だけを持たせて帰したかったのに最後にひどい目に遭わせてしまった。

謝る叔父に「でも楽しかったのよ」とリズは泣き笑いで答えてくれた。

「ジョゼフィン姉さんは許してくれるでショウか」

布団から出ているリズの手を中に戻して、パーシバルはぽんぽんと首元を叩いた。リズは姉に似た口元でかすかに笑みを浮かべてくれた。

終

翌朝、いつもの素振りを終えたあと、兎月は川から水を汲んできた。往復三回で瓶をいっぱいにする。この瓶の水は飲むだけでなく、調理にも使うし、体を拭いたり下の汚れを流したりもするので大切な日課だった。

桶(おけ)に水を移して顔を洗っているときだった。

空気を裂いてなにかが飛んできた。それは兎月の使っていた桶に突き刺さる。後部が輪状、持ち手があり、先の尖ったクナイと呼ばれる暗器――忍者の使う武器だ。

「てめえ」

兎月は桶にささったクナイを引き抜いた。割れ目から勢いよく水が迸る。

鳥居の下に立っていたのは黒木だ。今日は昨日の旅姿と違い着流しにつばのある帽子、首には薄手の襟巻という妙な格好だった。

「なんのつもりだ、桶がダメになったじゃねえか」

「挨拶代わりさ」

黒木は懐手をしながらゆらゆらと体を揺らして近づいてきた。

「江戸に行くんじゃなかったのか」

「船は明日だ。その前におまえと手合わせしたいと思ってな」

黒木は襟巻を背中に放った。

「なんだと?」

「前は本気じゃなかったんだ」

曲馬団でリズとおみつがやらかした騒ぎのとき、兎月は黒木と戦った。互いに手ごわい相手だと認め、そのときはからくも兎月が勝った。

「あいにく刀は持ってない」

「嘘をつけ。昨日は持っていたじゃないか。出したりひっこめたり、便利なやつを」

「あれは人間用じゃねえんだ」

「ふざけるな」

黒木は懐から匕首を取り出した。右手の中でくるくると回す。兎月は舌打ちした。

「曲馬団の芸は十分だ」

「そうかね」

言いざま黒木は距離を詰めてきた。短刀が素早く振られ、兎月は避けるので精いっぱいだった。顔の前に突き出された刃を持っていたクナイで受け止める。白い火花が目の中で散った。

「刀を出せ！」

「いやだよ」

ぎりぎりと押し合って互いに弾いて再び距離を取る。

いつのまにかツクヨミやうさぎたちがそばに来ていた。

「兎月」

「いいから引っ込んでろ、この忍者野郎は俺に用事なんだ」

兎月の言葉に黒木はちらと周りに目を向けた。だが彼にはツクヨミたちは見えない。

「人じゃないものを相手にするのは大変だな」

「ご理解いただきありがたいね」

黒木は顔の前に匕首を構える。兎月も腰を落としクナイを逆手に持った。

じりっと足の指が地面を摑んだとき——。

「兎月さん、おはようございます」

涼やかな声がかけられた。はっと兎月はクナイを後ろ手にする。黒木も目にも留まらぬ早業で匕首を鞘に納め、懐に入れていた。

「や、やあ、お葉さん、早いね」

お葉が風呂敷包みを持ってチャリチャリと玉砂利を踏みながら歩いてきた。

「少し早いんですが水羊羹を作ってみたんですよ。神様にお供えしようと思って」

お葉は立っている黒木ににこりと微笑んで頭を下げた。黒木は驚いた顔でお葉を見ている。

「兎月さんのお知り合いで?」

「覚えてないか？　曲馬団で手裏剣を投げていた忍者だ」

「あら」

お葉が大きく目を見開く。見つめられた黒木の頬がさっと赤らんだ。黒木はあわてて帽子のつばを下げ、視線を避ける。

「あの忍者の方？」

「あ、ああ」

黒木は体を硬直させ、襟巻に埋めた顎をかくかくと動かす。どうも妙な様子だ。

「江戸へ行く前に寄ってくれたんだ」

「まあ、江戸へ」

「い、いや。江戸へは行かない。しばらく函館にいる」

黒木は急にそんなことを言い出した。

「そうですか。それでは一度うちの店にもいらしてくださいね。甘いものはお好きかしら」

「す、好き、です」

お葉は微笑むとそのまま身を返して社殿の方へ行った。うさぎたちがきゃあきゃあ言いながら後ろをついてゆく。黒木は呆然とその背を見送っていた。

「おい」

兎月が声をかけても微動だにしない。

ぎぎぎ、と音がしそうな動きで黒木が振り向く。つばの下の目はうつろだった。

「なんだよ、おまえ」

「あの人は――おヨウさんと言うのか」

「そうだ、ふもとで満月堂って和菓子屋をやってる」

「旦那……は、いるのか」

「旦那は病気で前に死んだ」

「そうか、独り身か」

黒木は大きく息をついた。首筋が真っ赤になっている。

「き、きれいな人だな」

その目は一心に社殿の前のお葉を見ている。兎月は人が恋に落ちる瞬間を初めて目撃した。

「おまえ、お葉さんのために函館に留まるのか？」

黒木ははっと顔を兎月に向けた。視線をうろうろと彷徨わせ、両手を胸や腰に擦りつける。

「俺は用事を思い出した。また、来る」

黒木は片手で帽子を押さえ、小走りで鳥居をくぐって石段を降りて行った。

「もう来るな」

そう言葉を投げかけたが、黒木は振り向きもしなかった。

「なんだ、あの男は」

ツクヨミが近寄ってきて言った。兎月は笑いながら首を振る。

「さあな。だがもう境内で刀を振り回すようなことはないだろう」

「うむ、それならよいが」

お葉が風呂敷を畳みながら戻ってくる。

「兎月さん、リズさんが明日函館を発つというのは聞いてらっしゃいます？」

「ああ。昨日はそれで土産を買いに町へ行ったらしいぜ」

その帰りに襲われたという話は内緒にしておく。

「リズさんにはおみつも仲良くしてもらってて……。心ばかりの贈り物をしたいのですけど、相談にのっていただけます？」

「もちろんだ」

兎月はツクヨミを振り向いて笑いかけた。ツクヨミは寂し気な笑みを浮かべ、うなずいた。

午後になってリズがやってきた。パーシバルの指示なのか、使用人の男がついてきている。昨日の今日なら用心しても仕方がない。

「こんにちは」

リズはすっかり元の明るさを取り戻していた。使用人は鳥居の下の石段の上に腰を下ろして休んでいる。距離があるのでリズがうさぎやツクヨミと話しても気づかれなそうだった。

「よく眠れたか？」

「ええ、もうぐっすり。さっき起きたのよ」

「俺も今日は寝過ごしたよ」

リズは兎月の足下にしゃがみこむと、うさぎたちに手を伸ばした。十二羽のうさぎたちは順番にリズに撫でられにいく。

「もう会えなくなるのね」

一番懐いているうさぎの皐月が後脚で立ち上がり、リズの膝に前脚をかけた。

「皐月ちゃん……」

『リズ』

一人と一羽はぎゅっと抱き合った。

「また遊びにくればいいさ」

兎月が言うとリズは前髪で顔を隠してうなずく。

「同じ日本ですものね、遠くないわ」

「そうだな」

蝦夷地（えぞち）に行くと思ったときには異国へ行くような気分だったことを思い出すが、それは言わない。

ツクヨミは黙ってうさぎたちの後ろに立っていた。リズは顔を上げてツクヨミに青い瞳を向ける。

「必ず戻ってくるわ」

「……別に戻らずともよい」

ツクヨミはその目にきちんと視線を合わせた。リズの顔がたちまち悲しげになる。

「ツクヨミ、おまえ、すねるのもいい加減に……」

兎月が言おうとするとうさぎたちが飛び上がってその口をふさいだ。

「――リズは戻らずともよいのだ。なぜならいつでも会えるから」

「え？」

ツクヨミはリズに手を差し出した。手のひらの上には小さな丸い鏡が乗っている。

「これで横浜に我の分社を造れ」

「分社？」

「小さな社でいい。これを祀っておけ。おぬしは宇佐伎神社の巫女になるのだ」

「わたしが巫女……。でもわたし、クリスチャンよ、いいの？」

「かまわん。日本では神は何人もいる」

リズは鏡を受け取った。ツクヨミが少女に向ける表情は大人びたものだった。

「おぬしの巫としての力は強い。今までもこれからも視なくていいものを視てしまうだろう。その力は修行してうまく扱えるようにしなければならない。一人では難しくても支えるものがいればきっとうまくいく」

「支えるものって……」

「神使を一羽つける」

「ほんとに!?　じゃあ……」

リズと、抱かれていた皐月が目をあわせる。ツクヨミはうなずいた。

「皐月を頼む」

きゃあっと一人と一羽は両手をあわせて飛び跳ねた。

「皐月がいれば我はおぬしの気配を感じることができる。おぬしも我を感じるだろう。

修行が進めばいつか我と話をすることもできるだろう」

リズはツクヨミの前に膝をつくと頭を深く垂れた。両手を胸の前で組み、敬虔な表情になる。

「ありがとう、ツクヨミ。わたし、宇佐伎神社の立派な巫女になるわ」

「ああ、期待している」

ツクヨミはリズの頭に小さな手を置いた。その手が春の太陽のように輝き、穏やかな光はリズの全身を包んだ。

「ありがとう、ツクヨミ。ありがとう、うさぎさんたち。ありがとう、サムライ——兎月さん」

立ち上がったリズの目には涙が浮かんでいる。だがそれは悲しい別れの涙ではなかった。明るい感謝の涙だった。


港から横浜行きの船が出港した。

船のデッキからはリズが使用人と一緒に身を乗り出し、手を振っている。岸で見送るパーシバルやおみつやお葉も手を振り返した。

お葉とおみつの贈り物は焼き菓子と手作りの人形だった。おみつの手にも同じ人形が抱かれている。

「また来てね！　きっとよ！」

おみつが泣きながら叫んだ。リズも泣いている。

「必ず来るわ！　約束する！」

誰にも見えないがリズの帽子の上には白いうさぎが乗っている。皐月も兎月と一緒にきている他のうさぎたちに手を振っていた。

兎月の懐ではツクヨミうさぎが顔を出していた。

「手を振ってやれよ」

兎月が小声で言う。

「いらぬ。別れではないのだから」

「肉体的には別れだろう？」

「心が通じているのだ。それ以上なにが必要だ」

うさぎはぷんっと首を振る。

「だったら神社に残っていればよかったのに」

「船が出て行くところは見たかったのだ」

いじっぱりなうさぎの頭を兎月は指で弾いてやった。両手でうさぎの前脚を摑むと、無理矢理振ってやる。

「こら、やめろ！」

それを見ていたリズが嬉しそうに笑ったので、ツクヨミも抵抗を止めた。

「達者でな、リズ」

兎月も手を振った。

空を映した青い波の中を船は進み、みるみるうちに小さくなった。

「台風娘のご帰還か」

ボゥ――――と汽笛が長く長く空の中に響いていた。


函館に変わらぬ日常が戻ってきた。

ひとつだけ変化があったのは、満月堂に常連が増えたことだ。

あのあと、どういう方法を使ったのかわからないが、黒木は函館警察の巡査になっていた。それで毎日のように満月堂に菓子を買いに来る。

時折神社にも来て兎月に刀を抜かせようともするが、そんなときはお葉の話をして気をそらしている。

さて、忍者はお葉の心を動かすことができるだろうか？

函館に、もうすぐ夏がやってくる。
函館山は青く茂り、鳥は歌い、虫は恋をする。北の国では短い夏だという。
宇佐伎神社はこの夏も、函館の町を護ってゆく——。

この物語はフィクションです。
実在の人物、団体等とは一切関係がありません。
本書は書き下ろしです。

霜月りつ先生へのファンレターの宛先

〒101-0003　東京都千代田区一ツ橋2-6-3　一ツ橋ビル2F
マイナビ出版　ファン文庫編集部
「霜月りつ先生」係

神様の用心棒
～うさぎは桜と夢を見る～

2022年3月20日　初版第1刷発行

著　者　霜月りつ
発行者　滝口直樹
編　集　山田香織（株式会社マイナビ出版）
発行所　株式会社マイナビ出版
〒101-0003　東京都千代田区一ツ橋2丁目6番3号　一ツ橋ビル2F
TEL 0480-38-6872（注文専用ダイヤル）
TEL 03-3556-2731（販売部）
TEL 03-3556-2735（編集部）
URL https://book.mynavi.jp/

イラスト　アオジマイコ
装　幀　AFTERGLOW
フォーマット　ベイブリッジ・スタジオ
DTP　富宗治
校　正　株式会社鷗来堂
印刷・製本　中央精版印刷株式会社

 ISBN978-4-8399-7810-5
Printed in Japan

神様の用心棒
うさぎは闇を駆け抜ける

著者／霜月りつ
イラスト／アオジマイコ

**刀――兼定を持った辻斬りの正体は…？
明治時代が舞台の人情活劇開幕！**

明治時代の北海道・函館。戦争で負傷した兎月は目覚めると神社の境内にいた。自分のことも思い出せない彼の前に神様と名乗る少年が現れ、自分が死んだことを知らさせる。

Fan
ファン文庫

神様の用心棒
うさぎは玄夜に跳ねる

著者／霜月りつ
イラスト／アオジマイコ

発売直後に重版の人気作！
和風人情ファンタジー待望の第二弾！

時は明治――北海道の函館山の中腹にある『宇佐伎神社』。戦で命を落とした兎月は修行のため日々参拝客の願いを叶えている。そんなある日、母の病の治癒を願うために女性がやってきたが…。

Fan
ファン文庫

神様の用心棒
うさぎは梅香に酔う

著者／霜月りつ
イラスト／アオジマイコ

友との別れの地へと足を向ける…。
大人気和風ファンタジー待望の続編！

時は明治――戦で命を落とした兎月は修行のため宇佐伎神社の用心棒として蘇り、日々参拝客の願いを叶えている。これまでの思いに踏ん切りをつけるため、ひとり五稜郭へ向かう。

Fan
ファン文庫

占い館リヒトミューレ

著者／さとみ桜
イラスト／漣ミサ

悩みがあるのは人間だけじゃない！
現世で生きづらい妖怪たちの悩みを解決する

イケメン占い師・利人と元OL・優凪があやかしも訪れる占いの館を舞台に人間や妖怪の悩みに寄り添い解決する人情ファンタジー。

江ノ島は猫の島である

著者／鳩見すた
イラスト／二ッ家あす

レッサーパンダの次は——猫!?
もふもふハートフルな物語

とある事情で会社を辞めた小路は、江の島の家に引っ越しをする。引っ越しから数日、庭にやってきた猫の声が突然聞こえるように!?